ROWOHLT
BERLIN
VERLAG

Max Goldt

Chefinnen in bodenlangen Jeansröcken

Faksimile vierer typografischer Sammlerstücke

Inszeniert von Martin Z. Schröder

Rowohlt · Berlin Verlag 2014

Inhalt

Komischer Bleisatz

von Martin Z. Schröder

Max Goldt habe ich am 19. September 1988 in der Ostberliner Samariter-Kirche erstmals vortragen gehört. Damals mußte ich mich nach der Lesung aus einer Seitentür der Kirche stehlen, weil am Haupteingang Ausweise kontrolliert wurden und ich als Wehrdienstleistender ohne Erlaubnis die Kaserne verlassen hatte, um mit Freunden diese Lesung von Max Goldt zu besuchen. Nach dem Ende der DDR konnte ich seine Kolumnen in der »Titanic« lesen, später seine Bücher kaufen, und 1996 schrieb ich ihm einen Brief, ob ich einige seiner Texte in meiner Wohnungswerkstatt auf Postkarten drucken dürfe.

Max Goldt hat künstlerischem Aufwand und handwerklicher Produktion seit jeher Beachtung geschenkt. Nachdem wir uns getroffen und gut verstanden hatten, war die erste Zusammenarbeit schnell abgemacht. Zwei Jahre nach den in meiner Wohnung in Berlin-Prenzlauer Berg gedruckten Postkarten erschien unser erstes Buch in einer für Bibliophilie hohen Auflage von dreitausend Exemplaren.

Dieses erste der vier Büchlein, das »Plastikthermometer«, entstand im Jahre 1998 in der Buchdruckerei Günter Rapputan in der Friedrichstraße 167/168 in Berlin-Mitte. Eine Akzidenzdruckerei, ein Familienbetrieb mit dem stattlichen Meister Rapputan, Vollbart, Brille, blauer Kittel, und seiner Frau Helga, dem Buchdrucker Günter Wagener und mir, dem Schriftsetzer. Einer der privaten Betriebe in der DDR, nun, einige Jahre nach der Vereinigung der beiden deutschen Staaten, in Auflösung begriffen, weil die Copy-Shops und die Westberliner Offsetdrucker mit der schnelleren und billiger produzierenden Technik die Aufträge an sich zogen. Noch während die letzten Seiten unseres Büchleins gedruckt wurden, mußte die Rapputansche Werkstatt die Räume in der dritten Etage des Hauses verlassen, denn der Deutsche Beamtenbund hatte das so zentral in der wiedergeborenen Hauptstadt liegende Gebäude für seine Niederlassung übernommen.

Die Geschichte dieser Werkstatt reicht zurück bis ins Jahr 1949. Günter Rapputan hatte den Betrieb als 22jähriger Meister im Jahr 1962 von seiner Mutter erhalten, denn nach dem Krieg, als die Generation der Väter fehlte, mußten junge Leute rasch Verantwortung übernehmen. Und 1990 fing ich, der 23jährige Schriftsetzer, an, bei ihm zu arbeiten. Ich setzte mit den Lettern aus dem Setzkasten Briefpapier, Visitenkarten, Geburts- und Todesanzeigen, auch noch Kohlenzettel, die von den Kohlehändlern zur Reklame verteilt wurden – also das typische Programm einer Berliner Akzidenzdruckerei.

Als ich 1998 mit der Idee zu einem Büchlein mit kurzen Texten beim Meister vorstellig wurde, hatte ich schon meine eigene Werkstatt gegründet: 1994 vermittelte mir Günter Rapputan eine kleine Handpresse, aus einer Druckereiauflösung kaufte ich ein paar Schriften, bekam ein Setzregal dazu geschenkt, bevor es dem Sperrmüll anheimfiel, und verwandelte meine Wohnstube in eine kleine Druckerei. Dort setzte ich einen Teil der Buchseiten, die ich dann in die Rapputansche Werkstatt trug.

Für mich war das »Plastikthermometer« das erste vollständig allein und ohne Einrede entworfene und gesetzte Buch; für den Autor war es die erste bibliophile Veröffentlichung nach mehreren Büchern in einem Schweizer Verlag, und für die Druckerei Rapputan war es die letzte große künstlerische Produktion.

Neun Jahre später, 2007, nahmen Max Goldt und ich Anlauf für das zweite Buch. Ich hatte fünf Jahre zuvor, nachdem ich hauptberuflich als Feuilletonist für Tageszeitungen tätig gewesen war, eine Werkstatt in Berlin-Pankow eröffnet. Nun besaß ich eigene Setzregale und Druckpressen und wollte neben Akzidenzen, mit denen ich jetzt mein Brot verdiente, wieder eine größere Arbeit drucken. Und wir hatten beide Freude daran, ein weiteres Büchlein zu machen, für das man keine Rücksicht auf einen Markt nehmen mußte, weil es ohnehin nur Leser kauften, die sich für künstlerische Güte so sehr interessierten, daß sie die Menge bedruckten Papiers nicht mit dem Kaufpreis verglichen.

Fast ein Jahr habe ich gebraucht, um die Texte zu setzen und sechshundert Exemplare auf einer mit einem Pedal und Muskelkraft betriebenen Presse zu drucken – fünfmal treten für einen Druck. Der Aufwand war insgesamt größer als beim ersten Buch. Die Typografie war detailreicher, es wurden wesentlich mehr Farben verdruckt, diesmal bestand ja keine Eile, und jedes Buch bekam eine Nummer, wie es bei bibliophilen Produktionen üblich ist. Es wurde nicht mit Draht geheftet, sondern die Broschur vom Buchbinder per Hand mit einem Faden verknotet.

Dank einer schnell wachsenden Leserschaft meines Werkstatt-Tagebuchs im Internet und begeisterter Presse war das Büchlein, das 2008 erschien, zehn Jahre nach dem ersten, binnen weniger Monate ausverkauft. In Abständen von zwei Jahren folgten Band drei und vier mit jeweils etwa zweitausend numerierten Exemplaren, beide nun mit einem motorisierten »Original Heidelberger Tiegel« aus dem Jahr 1952 gedruckt.

Schriftsetzer, Buchdrucker und Schriftsteller fühlen sich naturgemäß verbunden, sie haben ein gemeinsames Ziel: das gelungene Buch. Aber ich kenne kein Beispiel für unsere Art der Zusammenarbeit in der bibliophilen Geschichte, nämlich daß eigens für die typografische

Interpretation Texte verfaßt und dem Entwerfer überlassen wurden.

Inszeniert wurde Text schon immer, auch in der handgeschriebenen und illuminierten Inkunabel, der Bibel und dem Stundenbuch. Aber der Entwurf diente dem Text, dem Verständnis, und er schmückte die Seiten. Interpretation war nie eine typografische Aufgabe. Neu an unseren Büchern aber ist nicht nur, daß der Autor dem Typografen die Auslegung seiner Texte überläßt. Es gibt außer den Versuchen im Dadaismus auch selten Komik mit typografischen Mitteln; das bekannteste Beispiel deutscher Sprache ist sicherlich »Fisches Nachtgesang« von Christian Morgenstern, das allerdings abgesehen vom Titel ohne Buchstaben auskommt, und das trichterförmig gesetzte Trichter-Gedicht, aber beide hat der Schriftsteller selbst in Form gebracht.

Eine Beispiel für typografische Komik findet sich in Band drei, dem »Märchenschloß«. Es ist die Parodie einer Gastronomie-Kritik, worin der Autor alle Phrasen versammelt hat, die man in einschlägigen Rubriken entsprechender Medien finden kann. Die Persiflage von Max Goldt, dieser kunstvoll üble Text, wurde in einer der schönsten und elegantesten deutschen Frakturschriften gesetzt: jener von Ernst Schneidler im Jahr 1939 zum hundertjährigen Bestehen der Bauerschen Gießerei in Frankfurt am Main erschaffenen Zentenar-Fraktur; dunkelblau gedruckt, mit rotem Initial versehen und mit goldenem, rotem und grünem Zierrat umrahmt. In dieser Nachahmung einer prächtigen spätmittelalterlichen Urkunde gewinnt der gedankliche Müll eine überraschende Deutlichkeit.

Drucktechnisch war diese Seite schwierig, weil sie schief auf dem Druckbogen sitzt und alle vier Farben im gleichen Winkel verschieft werden mußten – und dies in einem Handwerk, das gewöhnlich alles in rechte Winkel stellt.

Die Bleisatz-Kolumne aus Zentenar-Fraktur mit Zierrahmen

Ein zweites Beispiel für eine ähnliche Wirkung gibt der Text »Ich bin jetzt in einer Kaffee-Bar tätig« in Band zwei, dem »Atlas«. Hier wird eine recht schwierige Berufstätigkeit durch Geschwätz bis ins Bizarre und Abstruse profanisiert. Die zierliche Kanzlei-Fraktur Grandezza betont diese Wirkung noch, die Schrift dient zugleich der Illustration.

Eine typografische Interpretation, die Betonung wie die Verfremdung, ist auf vielerlei Weise möglich. Typografen nähern sich dem Ausdruck durch Schrift mit einfachen Mitteln. Sie setzen Überschriften größer als Texte. Sie nehmen das Wort »groß« aus riesigen Buchstaben, und das Wort »klein« setzen sie mit winzigen. So lassen sich mit engen und weiten, mageren und fetten, einfachen und verschlungenen, alten und neuen Schrifttypen typografisch Bedeutung und auch Atmosphäre schaffen. Das sind handwerkliche Grundlagen, die es im bildlichen Ausdruck immer gegeben hat, etwa in der Malerei, beispielsweise durch die Bedeutungsperspektive auf mittelalterlichen Tafelbildern, wo die Herrscher größer gemalt sind als die Untertanen.

Mit der Anzahl der Texte und mit der Zustimmung des Autors zu meiner Arbeit wurde ich in meinen Überlegungen freier. Ich bekam die Manuskripte fast ohne Hervorhebungen. Der erste Text des »Märchenschlosses« etwa enthielt unter der Überschrift keine weitere Auszeichnung. Mit der herausgehobenen Rolle des viertes Barsches habe ich eine Auslegung geschaffen, die vorher nur eine von mehreren Möglichkeiten der Lektüre war. In anderen Texten habe ich typografische Bilder hergestellt; ich habe Titel in Unterschriften zu einem Textbild verwandelt, und es gibt Stücke, die nur in eine schöne oder eine interessante Figur gebracht wurden.

Vergnügen bereiteten mir auch das typografische Zitat und der Traditionsbruch. Als Beispiel dafür sei der Haupttitel mit Frontispiz im »Atlas van de nieuwe Nederlandse vleermuizen« erwähnt. Die Büchlein sind allesamt in den Proportionen des Goldenen Schnitts hergestellt. Auf diese hohen schmalen Seiten habe ich mittels der Neunteilung in der Villardschen Figur einen klassischen Satzspiegel konstruiert und nach satztechnischen Bedingungen (der Bleisatz ist weniger dehnbar als der digitale Satz), nach Erfahrung und Gefühl etwas zurechtgeschoben.

Nun galt es, dem Buchtitel eine Gestalt zu geben. Einen »Atlas der niederländischen Fledermäuse« gibt es bereits. Vor das Wagnis gestellt, ein völlig anderes Buch unter demselben sehr schönen Namen zu veröffentlichen und damit die Fledermausforscher in den Niederlanden zu verärgern, hat Max Goldt dem Titel mit leichter Hand eine Wendung gegeben; es ist eine hübsche Vorstellung, daß in den Niederlanden eine bisher unbekannte Vielfalt von

Fledermäusen lebt, die einen ganzen Atlas füllt. Der Titel paßt überdies in die Zeit, da wir immer wieder Nachricht von weltreisenden Tieren erlangen, sei es die Spanische Wegschnecke in den Alpen oder der Asiatische Marienkäfer in der Mark Brandenburg. Mir war daran gelegen, diesem Titelblatt die Anmutung eines alten naturwissenschaftlichen Buches zu geben, deshalb wählte ich eine Schrift aus der Zeit der Aufklärung: die strenge klassizistische Walbaum. Ich stellte den zweifarbigen Titel auf Mitte, setzte das Jahr aus römischer Zahl und gab den Titelseiten einen einfachen Linienrahmen, fertig war das Zitat eines naturwissenschaftlichen Buches von 1800.

Statt nun das Frontispiz mit einer eingeklebten Radierung einer neuen Fledermaus auszustatten, wie es technisch und künstlerisch der historischen Vorlage entsprochen hätte, setzte ich einen vom Autor mit dem Kugelschreiber gezeichneten Kringel ein.

Der Umschlag vom »Atlas« dagegen erinnert an die Entwürfe der Neuen Typografie der 1920er Jahre, auch an Entwürfe von Lehrbüchern der 1950er bis 70er Jahre: serifenlose Schriften, gestürzte Zeilen, allerdings farbig lebendiger.

Die Möglichkeit des typografischen Stilzitats habe ich reichlich genutzt. Schon im ersten Buch finden sich Experimente wie die gemäßigte und die absolute Kleinschreibung, Satz in Kurven und spiralförmig, was dem Bleisetzer einige Geduld und ruhige Hände abverlangt. Die vier Fotografien auf der nächsten Seite veranschaulichen das Entstehen einer Typografik aus der »Cordbettwäsche«, wie man sie aus den dadaistischen Darstellungen kennt, in denen alle Regeln zur Schriftmischung über den Haufen geworfen wurden und der Text eine bildliche Figur erhielt.

Den Wert des Raren haben diese vier Bücher wie andere künstlerische Werke auch; handwerklich dürfte der vierte Band, die »Cordbettwäsche«,

Der Satz steht auf dem Kopf, wie der Setzer ihn vor sich hat, damit er die Spiegelschrift der Lettern von links nach rechts lesen kann.

Seltenheitswert haben, weil alle Arten des Schriftsatzes aus Blei und mit einer nach digitaler Vorlage geätzten Platte darin vorkommen. Die ersten beiden Büchlein, das »Plastikthermometer« und der »Atlas«, sind ausschließlich vom Handsatz gedruckt worden. Jede Letter wurde einzeln aus dem Setzkasten gegriffen und in den Winkelhaken gesetzt. Für das dritte Büchlein, das »Märchenschloß«, bat ich einen befreundeten Kollegen aus Hamburg, den Schriftsetzer Helmut Bohlmann, um eine Lieferung aus der Monotype des »Museums der Arbeit«. Diese 1960 gebaute Maschine gießt und setzt die einzelnen Lettern in einem Arbeitsgang. Der Monotype-Setzer Erich Hirsch hat einige Texte auf dieser Maschine hergestellt. Im vierten Büchlein schließlich, der »Cordbettwäsche«, sind außerdem einige Texte auf einer 1924 gebauten Linotype gesetzt worden, die mein Kollege Thomas Kersting noch in Niederkassel unterhält. Diese Setzmaschine gibt ganze Zeilen als Gußstücke aus. Nicht nur alle drei Setzverfahren mit Bleiguß sind für dieses Büchlein verwendet worden. Die Texte der beiden Kartonumschläge wurden zudem digital am Computer gesetzt, und von diesen Vorlagen ließ ich Platten aus Magnesium ätzen, damit ich den Druck in die strukturierten harten Kartone etwas prägen kann, wie es mit dem weicheren Blei nicht gut möglich ist, ohne den Lettern zu schaden.

Zu jedem Büchlein gibt sein Impressum ausführliche Informationen über die verwendeten Schriften und Maschinen, weshalb wir auch diese gewöhnlich weniger interessanten Seiten für wert hielten, sie in die vorliegende Reproduktion aufzunehmen.

Berlin, im Mai 2014

Goldt
Atlas
van de
nieuwe
Nederlandse
vleermuizen

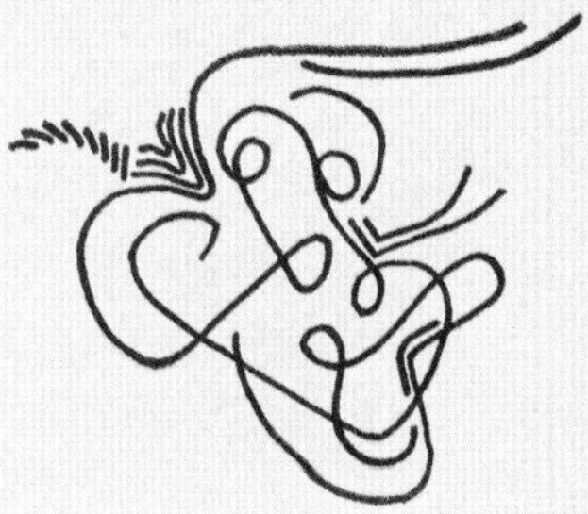

MAX GOLDT

ATLAS
VAN DE NIEUWE NEDERLANDSE
VLEERMUIZEN

Typographisch eingerichtet
von Martin Z. Schröder

BERLIN
MMVIII

WORUM

geht es bei der Busball-Waldmeisterschaft?
Bei der Busball-Waldmeisterschaft geht es

DARUM,

mit einem ganz normalen ÖPNV-Bus einen Ball in ein gegnerisches Tor zu schieben. Bei allerhöchstens 5 km/h. Schneller geht es auch nicht wegen der Bäume. Findet ja mitten im Wald statt, der vermeintliche Spaß.

NEIN,

der Name Waldmeisterschaft ist nicht auf das leicht giftige Bowlenkraut zurückzuführen.

JA,

der Torwart sitzt auch in einem Bus.

Jahre nagen
Jahre zerren
an sowohl damen
als auch herren

So singen die drei dicken schwarzen Damen
mit den kessen Hütchen.
Nichts bleibt jung.
Nicht mal der harmlose Fuß.
Obwohl, man muß sagen:
Sollen die Jahre doch zerren und nagen:
Der Fuß bleibt ganz hübsch,
Man schiebt Gardinen beiseite, liest in Vorab-
Exemplaren unvorstellbar unwichtiger
Verlags-Spitzentitel und denkt, weil gerade
nichts weiter zu denken ist:
Der Fuß bleibt ganz hübsch.
Es ist wirklich so, daß der Fuß an Stärke
wie an Zierlichkeit nur wenig verliert.
Er bleibt sehnig, muskulös und filigran.
Aber ist wirklich gerade nichts anderes
zu denken?
Das wäre ja furchtbar!
Was singen die drei dicken schwarzen Damen jetzt?
Sie singen zur Melodie von „Brown girl in the ring“:
Unwort des Jahres »Projekt Unbewohntes
Brandenburg« ist Unwort des Jahres, tra-lalalalala...
Das hilft einem jetzt leider überhaupt nicht
weiter.

Wenn einer geräuschvoll
Bronchialschleim hochwürgt,
sagt man in Westfalen keß:
Stück Brot dazu? Volk halt.
Kramt jedoch jemand
enorme Popel aus
seiner Nase
hervor,
würde nicht
einmal der Derbste
kommentieren: *Ach,*
da
sind
also
all die
ermordeten
kleinen Nadines
und Jasmins aus den
Privatfernseh-Nachrichten
abgeblieben.

Sollte es wahr sein, daß
der CDU-Politiker Roland Koch zu den
Liebhabern und gelegentlichen Zubereitern einer
klassischen Knochenbrühe zählt, ist es durchaus
möglich, daß er eines Tages beim Abschmecken
ein mißbilligendes Gesicht geschnitten
und zu seiner auf dem Küchensofa
hingestreckten Ehefrau gesagt
hat: »Anke, ich fürchte, meine
Knochenbrühe ist zu
dünn«, und die
Angesprochene
darauf erwiderte:

ACH,
DANN
KOCH
DOCH
NOCH'N
KNOCHEN,
KOCH!

Wenn die Angehörigen asiatischer Restaurantbetreiberfamilien gegen 15 Uhr in ihrem eigenen Lokal zum Speisen Platz nehmen, haben sie entweder ganz andere Gerichte vor sich stehen als die, die auf der Karte stehen oder aber genau die gleichen.

Im ersten Falle denkt man:
Typisch! Das, was sie ihren Gästen vorsetzen, essen sie selber natürlich nicht.

Im zweiten Falle wird gedacht:
Komisch, daß sie den gleichen Fraß zu sich nehmen, den sie der zahlenden Kundschaft servieren.

Irgendwas
denkt
man
halt
immer.

Die Farbe deiner Haut

erinnert mich
an ein Rhabarber-Radieschen-Stilleben
von Max Slevogt, das
im Wilhelm-Schäfer-Museum
in Schweinfurt hängt.

Doch, Rhabarber-Radieschen. Ganz bestimmt.

Slevogt. Max Slevogt.

Wilhelm-Schäfer-Museum.

Schweinfurt. Das liegt nördlich
von Würzburg.
So 'ne Kugellagerstadt.

Ja, da war ich schon einmal.

Nicht Radieschen-Rote Bete.
Rhabarber-Radieschen.

Ja, das nächste Mal
mache ich dir gern ein
weniger
vertracktes Kompliment.

Ins
Badezimmer
zu hängen

ANGESICHTS
der großen
Leistungen auf
sämtlichen Gebieten,
durch die sich die Gäste
dieses Haushalts auszeichnen,
erscheint es gewiß fast schon absurd,
wenn der Vorstand des
genannten Haushalts die
Angehörigen des ebenfalls
bereits erwähnten Besucherkollegiums
auffordert, die Notwendigkeit eines
festen Griffes nach der Toilettenbürste
ausreichend streng zu prüfen.

EINER DER WENIGEN

WIRKLICH GROSSEN

HONIG-DIALOGE

SEIT DEM 8TEN MAI 1945

Hm, Honig!
womit andere sich den po pflegen,
das streichst du dir aufs brot!
Wer pflegt sich denn den Po mit Honig?
richard von weizsäcker!
Ja, stimmt, das hab' ich auch irgendwo
gelesen. FAZ, glaube ich.
titelblatt der weihnachtsausgabe!
Stimmt! Das war
eine ungewöhnlich stimmige festliche
Titelschlagzeile.

Aus einer französisch-britischen

MAURICE Wenn man ab ca. 35 sowieso und allenfalls nur trotz seines Aussehens geliebt wird, könnte man doch aufs Aussehen ganz verzichten, indem man sich darauf beschränkte, als Gas, Hologramm, Idee, Gran oder — als Erinnerung fortzubestehen.

JEANNE So brauen wir uns den Gifttee und verschwinden ...?

MAURICE Nein, warten Sie, Jeanne. Ich hätte noch eine Bitte, nein, mehr eine Frage bezüglich Ihres Blusenstoffs.

JEANNE Meines Blusenstoffs?

MAURICE Daß Frauen die Bluse aufgerissen wird, so richtig aufgerissen, daß man das Textil reißen hört, das kenne ich nur aus Filmen, Jeanne, meinen Sie nicht auch, unser beider Leben wäre unvollständig, wenn wir es nicht einmal real erleben würden?

Koproduktion über die Häßlichkeit

TANTE KELLY, dargestellt von Elsa Lanchester oder Margaret Rutherford, kommt durch die Tür getolpatscht, stößt watschelnd gegen einen niedrigen Tisch und quäkt in den Kamin hinein, sodaß sie den jungen Leuten ihr Hinterteil entgegenstreckt Wo ist denn nur meine Frauenzeitschrift? Oder suche ich meinen Regenmantel? Ach Kinder, seid froh, daß ihr ganz andere Sorgen habt! Schlimmer aber noch als die Verwirrung ist die Häßlichkeit! Schaut doch nur einmal, wie fürchterlich ich aussehe!

JEANNE, flüsternd zu Maurice Ich glaube, wir können das Zerreißen der Bluse überspringen!

Ein
an Enge-Angst
leidender
Mensch denkt:

Der hübsche Mensch dort trägt einen hübschen Pullover. Pullover sind Gefängnisse. Für mich sind sie Gefängnisse. Strickjacken sind Gefängnisse mit Tür. Türen mit Reißverschluß! Toll! Türen mit Knöpfen sind besser! Wenn man Reißverschlüsse falsch einbahnt, blockieren sie. Knöpfe können abfallen, und dann hat man den Salat! Am besten sind Türen mit Klinken. Strickjacken mit Klinken sind unziersam. Vor allem ist es unziersam, Stickjacken und Türen einerseits und andererseits Pullover und Gefängnisse in einen Topf mit Äpfeln und Birnen zu werfen. Natürlich könnte ich ohne diese Tabletten leben. Aber wenn man einmal damit angefangen hat. Vor dreißig Jahren hätte ich gesagt: Ich und Tabletten! Wenn man nur sagen könnte: Ich ziehe einfach alles aus. FKK ist aber keine Lösung. Schon gar nicht auf einem Mittelplatz in der Economy-Class. Gottseidank habe ich meine Tabletten in den letzten 30 Jahren nie vergessen. Ich vergesse meine Zahnbürste, frische Socken, alles. Aber nie meine **Tabletten. Das Schl**immste wäre Krieg. Wenn die pharmazeutische Industrie zusammenbräche und ich meine Tabletten nicht mehr bekäme. Jeder Klaustrophobiker ist Pazifist.

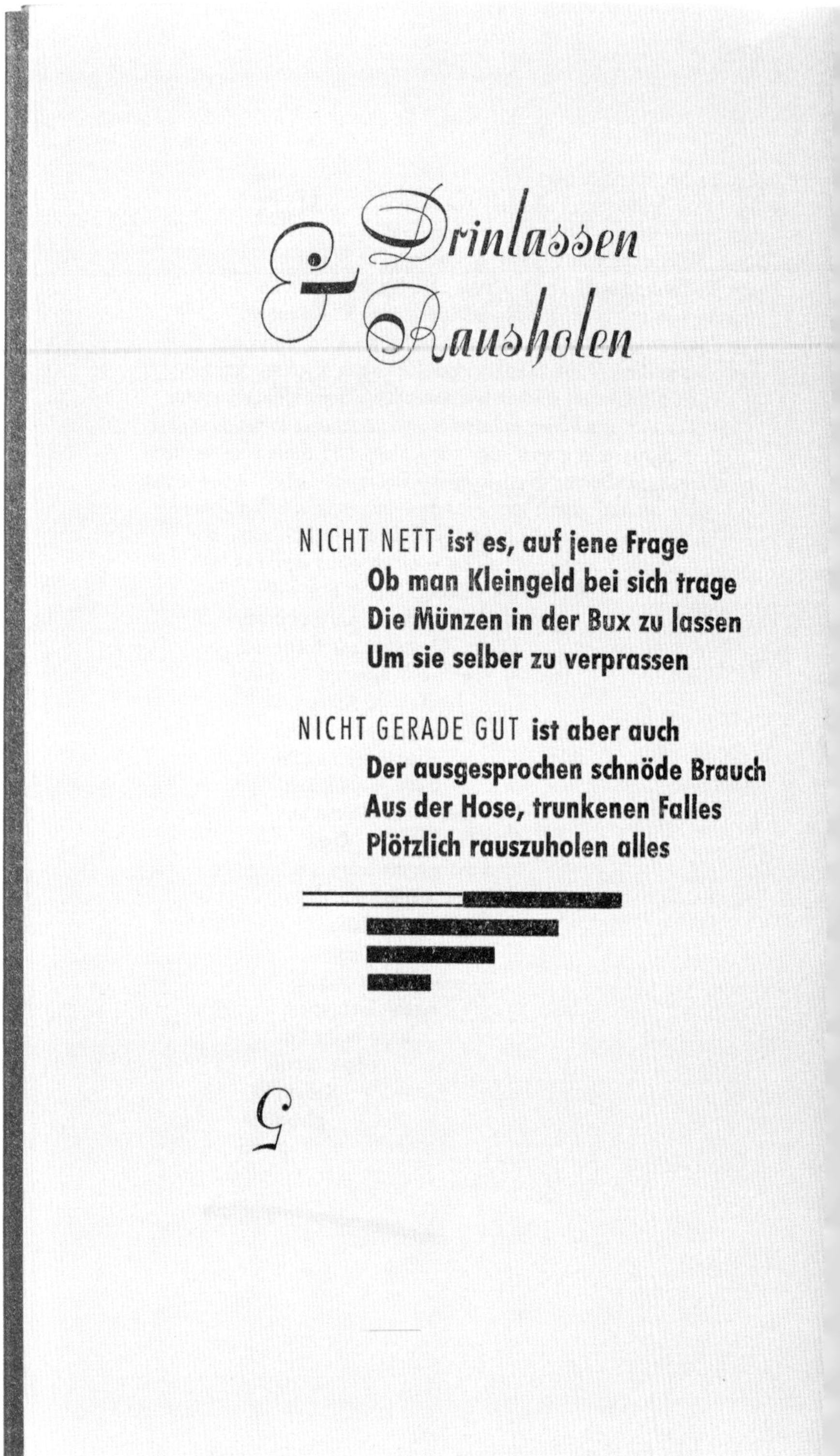

Drinlassen & Rausholen

NICHT NETT **ist es, auf jene Frage**
Ob man Kleingeld bei sich trage
Die Münzen in der Bux zu lassen
Um sie selber zu verprassen

NICHT GERADE GUT **ist aber auch**
Der ausgesprochen schnöde Brauch
Aus der Hose, trunkenen Falles
Plötzlich rauszuholen alles

5

Auf die kopfstehende „Fünf“ angesprochen, meinte Herr Schröder, ihm sei eben gerade so gewesen. Die hätte so gut zu dem Et-Zeichen in der Überschrift gepaßt, also zu dem Schneemann.

Ich bin jetzt in einer Kaffee-Bar tätig. Früher habe ich in einer Krisen-Teestube für Gewaltopfer gearbeitet. Leider kam da keiner mehr, worüber man ja eigentlich froh sein könnte, aber ich fürchte, es lag wohl nur daran, daß unsere Teestube so ungemütlich war. Gerade als Gewaltopfer will man ja gern ein bißchen gemütlich sitzen.

Wir hatten aber ein sehr niedriges Budget, da waren gerade mal ein paar Katzenposter und Trockenblumensträuße drin, aber das hat den Gewaltopfern offenbar nicht gereicht. Ich gehöre jetzt aber nicht zu den Leuten, die sich hinstellen und sagen: „Diese superundankbaren Gewaltopfer."

Die Gewaltopfer waren an sich schon okay, aber die Arbeit in der Kaffee-Bar finde ich insgesamt doch angenehmer.

WASSER FLIESST DURCH ROHRE.
DAS OFT AUS EINEM
TEICH STAMMT.
TEUFLISCH SIND DIE MOORE.
MAN SINKT UND MAN
VERLEICHNAMT
HALTO?

Noch ein Programmhinweis. In unserer Sendereihe „Popkultur. Allein dieses Wort schon." lautet das heutige Thema: „Kann man pauschal sagen, Bücher, die von Frauen gekauft werden, sind Schrott?" Diese Frage diskutiert um 20 Uhr Stuart Weintraub hier auf Deutschlandradio. Stuart Weintraub ist ein Pseudonym für eine bekannte Persönlichkeit des deutschen Geisteslebens. Nicht Gustav Seibt! Leider nicht! Stuart Weintraub ist aber auch ganz gut! Mit Stuart Weintraub diskutiert Senta Haberstreu. Sie ist Leiterin des Potsdamer Instituts für vergleichende, hm, das kann ich nicht lesen. Oh, ich bekomme gerade einen Zettel hereingereicht. **Senta Haberstreu ist verhaftet worden. Sie hat nämlich –** o Gott o Gott o Gott, also das lese ich nicht vor! So ein unverschämtes Drecksweib! Und so eine wollte zu uns ins „Deutschlandradio" kommen! Da kommt schon wieder ein Zettel. Ah! Schön! **Senta Haberstreu wird vertreten durch Gus**tav Seibt! Dann wird das natürlich noch ein sehr schöner Abend in unserer Reihe „Popkultur. Allein dieses Wort schon."

Thema taugt nichts. Ein viel besseres Thema wäre: „Die Tresore voller Testamente, doch im Kopf nichts als Flausen. Was ist los mit unseren Notaren?"

nach dem tode yassir arafats las man in allen zeitungen:

Arafat stand auf der
inoffiziellen Liste der
reichsten Monarchen
und Despoten, die
von Königin Elisabeth
angeführt wird,
an 6. Stelle

da dachte man sich vieles:

die Queen als primadonna einer despotenliste? daß sich offizielle statistiker zu schade sind, despoten und monarchen in ein und derselben tabelle zu führen, dürfte niemand beklagen. wer aber sind die inoffiziellen, die derlei tun? neider, kiffer u. maidemonstranten? warum zitiert man die? erstellen diese leute auch inoffizielle listen, in denen **BRANDSTIFTER UND BLUMENVERKÄUFER** vereinigt sind? ❀ man sah einmal ein langes fernsehinterview mit königin sylvia von schweden, während dessen ganzer dauer die noble dame einen maiglöckchenstrauß mit beiden händen umfaßte. mehrere zuschauer dachten dabei: wenn man vom TV befragt wird, ist man gut beraten, sein maiglöckchensträußlein, sollte man eines mit sich führen, zuvor beiseitezulegen. man wirkt sonst etwas beschränkt, wenngleich auch äußerst undespotisch. ❀ ❀

AUSLÄNDER BLEIBEN

NAZIS VERTREIBEN

Diesen grammatisch
kuriosen Spruch
kennt man noch
aus den wirren
achtziger Jahren.
Das ganze Gedicht
ist in Vergessenheit
geraten :

Investoren verprellen
Punk-Hunde bellen
Ausländer bleiben
Nazis vertreiben
Biber nagen
Bürger befragen
Alpen besteigen
Künstler verneigen
Gletscher schmelzen
Hexen in Pelzen
Musik in der Muschi
Baukunst im Schwanz

Richtig gut
sind nur die letzten
beiden Zeilen

DAS UNVERRÜT⊥ELBARE

man kann über vielerlei unterschiedlicher auffassung sein, aber eines ist überhaupt nicht zu bestreiten: es ist eines deutschen unwürdig – nicht etwa eines deutschen als eines angehörigen einer vermeintlichen herrenrasse, sondern eines deutschen als eines teilhabers einer nation mit einer großen tradition in fragen des bierbrauens – also, noch mal von vorn: es ist eines deutschen absolut unwürdig – über sinn und unsinn des begriffs »würde« soll an dieser stelle ebenfalls nicht gestritten werden – wie gesagt, eines deutschen ganz und gar unwürdig ist es, »Erdinger Weißbier« zu trinken! daran ist überhaupt nicht zu rütteln. das schmeckt sowas von widerlich, das zeug!

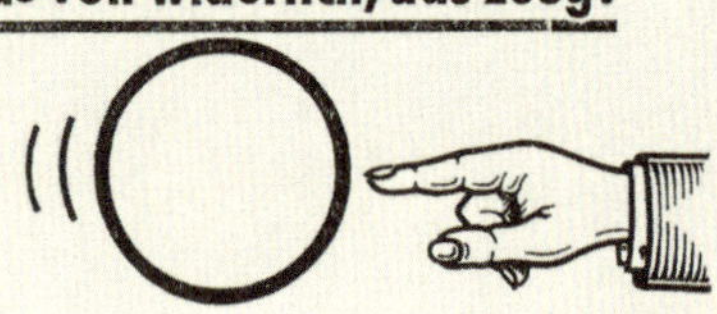

Wenn

Quizfrage aus dem »Reformhaus-Kurier«: Womit vergleicht eine Volksweisheit eine Tasse Tee? a) Mit einem Regenschauer. b) Mit einer kleinen Wellness-Oase.

man

das wüßte!

Man

bekäme

einen

Kalender!

Nach Sichtung dieser Seite hat Herr Goldt Herrn Schröder ~~gebeten~~ verboten, jemals wieder einen Satz von ihm spiralförmig zu setzen.

Begründung: Ihm werde davon übel.

Eine nicht sehr
spektakuläre, dafür
aber bislang absolut
unveröffentlichte
und authentische
Ernst-Jünger-Anekdote,

geerntet aus
dem Munde eines
heute einflußreichen
Mannes, der als
blutjunger Kerl
dabeisein durfte, als

Ernst Jünger an einem Abendessen im Herrenhaus
von Friedrich Sieburg
in Gärtringen bei Stuttgart teilnahm.
Der Hausherr lag längst
in der kühlen Lehmkuhle.
Ganz anders dessen Witwe,
Winnie Sieburg.
Während der denkwürdigen Mahlzeit
versuchte Ernst Jünger viermal,
in Eigeninitiative aufs Klo zu gelangen,
kehrte aber ein jedes Mal
unverrichteter »Dinge« zurück,
wobei er erklärte, er habe
die Toilette nicht finden können.
Winnie Sieburg mußte
ihren steinalten Gast
also viermal eigenhändig
zum Wasser-Closett führen.
Die anderen Gäste
wußten allmählich gar nicht mehr,
wie sie gucken sollten.

Ich habe einen Namen für die Gästeliste: Katz. **So wie das Bier?** Wie: wie das Bier? Sie meinen wohl, wie das Tier? **Nein, wie das Bier!** Was denn für ein Bier? **Gatzweiler!**

ECHT ERLEBTER DIALOG IM THEATER AM ALTEN MARKT IN BIELEFELD

WAS

HALTEN
WIR
EIGENTLICH
VON
CHEFINNEN
IN
BODENLANGEN
JEANSRÖCKEN

??????

Corrigendum *Auf Seite 17 muß es in Zeile 10 statt Stick-Strickjacken heißen.*

Gesetzte Schriften *Walbaum, Lichte Futura, Unger-Fraktur, Solemnis, Garamond, Delphin, Largo, Pracht-Antiqua, Legende, Futura, Konzept, Excelsior, Reporter, Symphonie, Grandezza, Bigband, Schreibmaschinenschrift, Signal, Steile Futura, Neon, Forum, Zentenar-Fraktur, Sinkwitz-Gotisch, Figaro*

ORIGINALAUSGABE
Einmalige, numerierte Auflage
von 600 Exemplaren

unnumeriertes Exemplar aus dem Druckzuschuß

Ausgestattet, hergestellt, gesetzt mit bleiernen Lettern und gedruckt auf einem Pedal-Bostontiegel »Emil Kahle« auf Papier von Arjowiggins, geliefert von der Papier-Union, und auf Karton von Schneidersöhne von Martin Z. Schröder.
Handgebunden von Bucheinband.de, Ines Neumann, Berlin-Pankow.
Dieses Buch erscheint im Landt Verlag.
International Standard Book Number: 978-3-938844-44-1
Landt Verlag, Wilhelmstraße 118, 10963 Berlin-Mitte

Die Produktion wurde im Internet dokumentiert:
www.blog.druckerey.de

www.landtverlag.de   www.druckerey.de

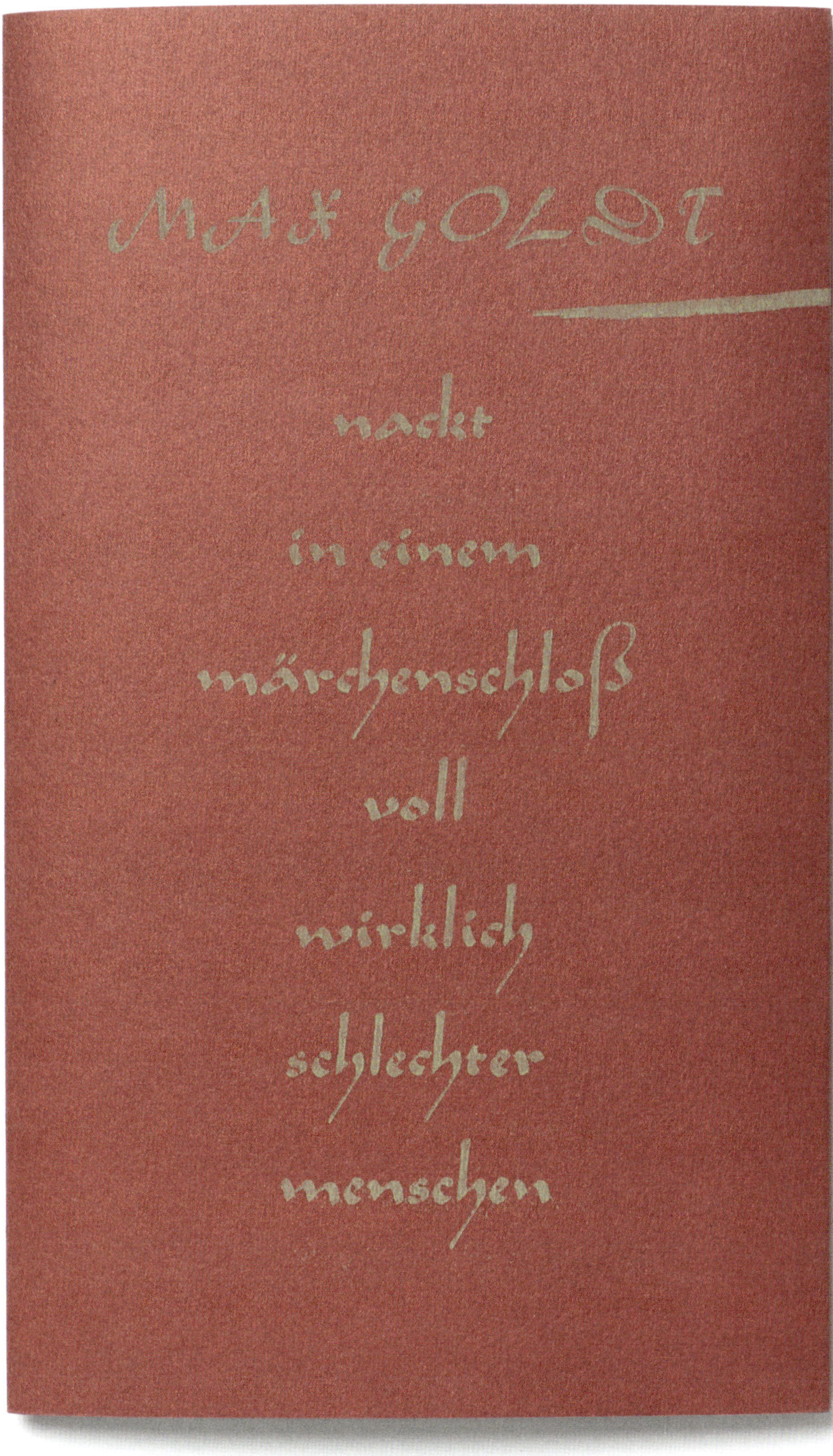
MAX GOLDT
nackt
in einem
märchenschloß
voll
wirklich
schlechter
menschen

und nauf.

ruft:

aber ich hät da wss

zwei Schmusekatzen.‘

G O L D T

N A C K T

MAX GOLDT

NACKT IN EINEM MÄRCHENSCHLOß VOLL WIRKLICH SCHLECHTER MENSCHEN

Typographically directed by MARTIN Z. SCHRÖDER

INSGESAMT SO SIEBEN LEUTE

Ein Barsch,
noch ein Barsch,
ein dritter Barsch,
der kleine
Kaktus Nimmersatt,
der große
Kaktus Nimmersatt,
der mittelgroße
Kaktus Nimmersatt

und
ein vierter
Barsch.

Also insgesamt so sieben Leute.

Chcocklers Flops

Sowohl Dr. Erika Fuchs als auch Thomas Mann gelten als Meister der literarischen Namensfindung. An den Dürer-Forscher Gilgen Holzschuher erinnern wir uns ebenso gern wie an das Starlet Rosita Rührschneck. Wie aber hätten →

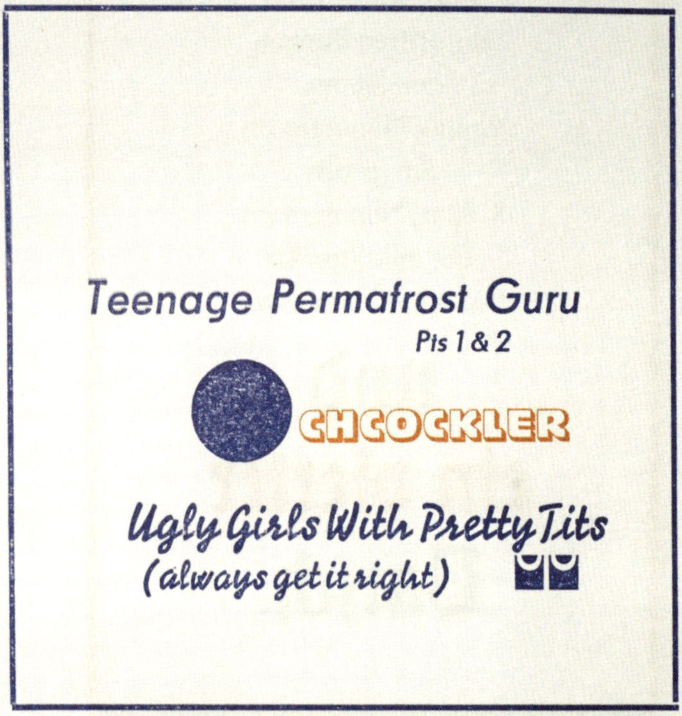

Aber warum heißt der Flop-Produzent ausgerechnet Chcockler?
Na, überlegen Sie mal!
Soll ich's Ihnen auf deutsch oder auf englisch sagen?

genau diese beiden einen erfolglosen Produzenten von Popmusik genannt? Vielleicht CHCOCKLER? Ja, Chcockler! Das wäre sehr gut. Chcockler, der Produzent folgender sagenumwobener Flops:

CHCOCKLER

Givin' you
lotsa dirty lovin'
(ain't better
than stealing
another woman's
even more
dirty heart)

I NEED some
damn' GOOD
lovin' tonight

Ich sag's „eana" (das ist bayrisch) mal einfach so aus purer Pampigkeit in schlechtem Englisch:
Hitchcock plus Hitler minus the hits!
Wobei das Englisch gar nicht so schlecht ist!

»Hummeln
können stechen,
pflegen dies aber zu unter-
lassen.« – »Woher weiß man denn,
daß Hummeln stechen können, wenn
sie es nie tun?« – »Sie haben einen Stachel,
benutzen ihn jedoch nur in Extremsituati-
onen.« – »Um Gottes willen! Was erleben
Hummeln denn für Extremsituationen?« –
»Was weiß ich? Atomare Bedrohung, Me-
teoriteneinschlag!« – »Die stechen Mete-
oriten?« ¶ Übrigens gibt es in Bio-Läden
hin und wieder hummelbestäubte
Tomaten. Die sollen be-
sonders gut sein …

GESPRÄCH ÜBER TOMATEN

»Zu Mittag gibt's heute gefüllte Tomaten.« – »Jede Tomate ist eine gefüllte Tomate!« – »Wieso?« – »Weil in Tomaten von Natur aus was drin ist. Oder kennst Du etwa leere, hohle oder taube Tomaten, so wie taube Nüsse?« – »Nein!« – »Siehst du! Also sag bitte: Zu Mittag gibt's heute ihrer Tomateninnereien beraubte und naturwidrig neubefüllte Tomaten.« – »Okay, das sag ich nächstes Mal, wenn es wieder gefüllte Tomaten gibt!«

Manche Leute haben ein Radio im Zahn, versehentlich natürlich, weil der Zahnarzt Mist gebaut hat. Ein Herr, der von genanntem Übel betroffen ist, sagt eines Tages: Heute gehe ich mal in eine der zahlreichen No-Go-Areas meiner Vaterstadt, denn wo es gefährlich ist, ist es gewiß auch laut. Der Lärm soll und wird die Musik aus meinem Zahn übertönen.

Kaum, daß er den U-Bahnhof verlassen hat, kommt ein Typ und sagt: „Guck nicht so schwul, sonst haue ich dir ‚krankenhaus', und zwar ‚dir' klein geschrieben, ganz klein sogar, denn ‚du', ‚dich' und ‚dir' schreibt man nur in Briefen groß, und glaub nicht, daß das hier ein Brief ist! Das ist eine handfeste Ansage!"

„Hier geht's ja zu wie im Privatfernsehen!" erwidert der Herr wohl einen Zacken zu ironisch, denn schon spürt er des Typen Faust in seiner in dieser Gegend so genannten Fresse.

In hohem Bogen fliegt der Zahn mit dem Radio aus dem Munde des Herrn und landet auf dem Gehsteig. Weil ein wenig Blut dran ist, kommt ein Hund und verschluckt den Zahn.

„Und nun die Nachrichten!", sagt das Radio aus dem Zahn im Hund.

Der Herr und der Typ nähern sich dem verdutzten Tier und horchen gemeinsam an seinem Körper. „Die große alte Dame der Sozialdemokratie, Annemarie Renger, ist tot", tönt es ein wenig dumpf, doch verständlich aus dem Innern des Köters.

„Das ist ja lustig", sagen die beiden Männer gleichzeitig, worüber sie sich freuen. Ein Funke springt über.

Bald leben die beiden gemeinsam in einem der besseren Stadtviertel.

Ein Ratgeberbuch im Rowohlt-Verlag, „Mit Homosexualität gesellschaftliche Schranken überwinden", macht sie eine kurze Weile lang zu gern gesehenen Talkshowgästen, danach

verliert sich ihre

Spur im Sande,

vielleicht auch in

Langeweile

und

Aggression.

Penisg'schichterln aus dem Hotel Mama

Mit anderen Leuten im Bette zu liegen, das hat durchaus was.

Wenn man zum Beispiel mal mit einem Herrn im Bett liegt, fragt man sich, ob er den Penis von seiner Mutter oder von seinem Vater geerbt hat.

Allerdings könnte so mancher entgegnen, daß eine Frau Mutter ihrem Herrn Sohn doch keinen Penis nicht direkt vererben könne.

Natürlich nicht direkt!

Aber jeder Frau wohnt natürlich das Potential inne, den Penis ihres Vaters an ihren Sohn weiterzuvererben. Das ist nun einmal so: Der Penis „überspringt" die Mutter, aus verständlichen natürlichen Gründen.

Also wenn eine Frau einen homosexuellen Sohn hat und der vergnügt sich gerade im Nachbarzimmer mit einem an der Uni aufgelesenen Schluckspecht, dann darf sie durchaus denken: „Aha, ein eigens rangekarrter Schluckspecht hat nebenan gerade seinen

Eine kleine Sexualgroteske. Mit diesem Genre haben sich bislang nur wenige namhafte Schriftsteller befaßt, was verwunderlich ist, da seit der allgemeinen Verfügbarkeit von Pornografie durch das Internet eigentlich auffällig geworden sein müßte, was für eine riesige Schnittmenge das Sexuelle und das Groteske haben.

Es scheint momentan sogar möglich, daß diese beiden Begriffe eines Tages zu einem Synonym zusammenfließen werden.

leichtfertigen Spaß mit einer genetischen Kopie des Penisses meines hochverehrten Herrn Vaters. Das ist für eine Frau um die fünfzig gar nicht so leicht."

Nachdenklich geht sie ins Kaminzimmer zum Bild ihres Vaters und fragt: „Ist dir das eigentlich recht, lieber Vater? Daß sich irgendein beschwipster Student gerade mit ‚deinem' Penis vergnügt?"

Der längst verblichene Vater scheint zu sagen: „Stell den beiden doch mal das Äthanolpräparat neben die Studentenmatratze!"

Was für ein Äthanolpräparat? Ach ja! Der Frau fällt es wieder ein: Als ihr Vater im Sterben lag, fragte sie ihn: „Darf ich nach deinem werten Ableben deinen Penis in Äthanol konservieren? Ich meine, damit ich immer weiß, wo ich herkomme!"

Sie geht in den Partykeller und entdeckt in einem Schränkchen hinter einigen verstaubten Likörflaschen das fast vergessene anatomische Präparat und trägt es in die Wohnung hinauf. Sie klopft an die Tür des Sohnes und ruft: „Laßt euch nicht stören, aber ich hätte da was Hübsches für euch zwei Schmusekatzen."

Das Groteske wird manchmal mit dem A b s u r den verwechselt, ist aber doch etwas ganz anderes – eine mögliche Übersetzung des Begriffes ist: das Fratzenhafte. Kommerzielle Pornografie als eine Fratze von Sexualität zu bezeichnen, wäre wohl nicht falsch. („Fratze" war übrigens ein Lieblingsschimpfwort von Goethe.)

Mormonen bei der Haustürwerbung: Stets tauchen sie zu zweit auf. Immer ein Hübscher in Begleitung eines Häßlichen. Ein beliebtes Thema für scherzhafte Gespräche in schwulen Kreisen gegen Ende der siebziger Jahre war die Vergewaltigung von paarweise auftretenden Mormonenmännern. Der Häßliche wird chloroformiert, und dann nichts wie ran an den Hübschen. Das war eben

Die grosse Zeit der ruppigen Phantasien

Es sagt der Wicht zum Troll:
Computersatz ist toll.

Da meint der Gnom zum Schlumpf:
Bleisatz ist Trumpf.

Nun meint der Schlumpf zum Gnom:
Ich respektiere
Ihren Standpunkt. Aber
sollte man auch
Gastronomiekritiken
wie die folgende
nach Art
des alten
Gutenberg
setzen?

Ein von der Idee her abso-
lut geniales Lokal. Von
sahnig-fruchtig-schokola-
dig über trendy-asiatisch-flippig
bis zu trashig mit einer gehö-
rigen Portion Crossover-Anmu-
tung, auf jeden Fall aber vom
Allerfeinsten, wenn auch nicht
mega-feudal von der ganzen
Einrichtung her, aber in seiner
ganzen Kuscheligkeit doch ir-
gendwie ein Hingucker. Italie-
nisch mag halt eh jeder, und
man läßt sich natürlich auch
von der ganzen Atmosphäre her
inspirieren, also von daher wür-
de ich sagen: Volle Punktzahl.
Genuß mit Flirtfaktor 10. Und
als absolutes Sahnehäubchen:
Ladies bis 23 Uhr
free entry!

Meint der Gnom:
Kann man
doch
mal machen.
Solange man keinen damit
verletzt. So
funktioniert unsere Demokratie ebend halt:
Solange man keinem schadet,
darf man so ziemlich
alles.
Und ich meine,
das
ist ja gerade das Tolle.

Da meint der Wicht zum Troll.
Das hab ich sagen woll.

Der Troll sagt nun zum Wicht:
Das find ich aber nicht.

KNIE NICHT!

Man kniet.
Ein anderer sieht,
daß man kniet
und was geschieht?
Der andere wird größer.
Zumindest denkt er, daß er's würde.

Drum knie nicht, selbst bei größter Bürde.

Beziehungsweise:
Knie nur allein, wenn keiner guckt.

(Es liegen Teufel in der Grube,
ich bin kein großer Teufelzähler,
aber es könnten drei oder vier Teufel sein,
doch wie gesagt: Ein Riesenteufelzähler
war ich nie –)

Auch wichtig:
Sei froh, daß keiner guckt, wenn du kniest,
und keiner sieht, wie du dich siehst.

Knie lieber überhaupt nicht.
Recke dich und strecke dich,
sei enorm mit deiner Kraft.

Sei enorm mit deiner Kraft!
Ich sag dir das kein zweites Mal,
kein drittes und kein viertes Mal,
sei enorm mit deiner Kraft.
Ich sag es dir, weil es Klarheit schafft,
in einer Welt der Unklarheiten
Klarheit zu verbreiten:
Trotze allem, fliehe nicht –
Und bitte, bitte – knie nicht!

Du verstehst nicht?
Egal.
Meine Hand liegt über der Jugend und wirkt.

Oder meinst du, ich würde
eine meiner schönsten Aufgaben
versemmeln?

Einfach so?

Da sitzen sie also mal wieder alle vier im Café Traxlmayr: Julian Zipf und Heino Isetrimp sowie meine geistigen Untermieter, die Doktores Bierteufel, also Dr. Ewald Bierteufel und Dr. Dr. Heiko Bierteufel, Söhne – einer hat auch schon einmal ziemlich frech gemunkelt: Töchter — der umstrittenen Balalaikaspielerin Malwine Hochwald und des CDU-Urgesteins Norbert Böhm, der übrigens in ganz jungen Jahren mit dem seinerzeit irre populären Kunsthonigexperten Bernhard Behrend befreundet — man munkelt: ein bißchen mehr als bloß befreundet — war. Ich betone insbesondere dieses nachhinkende »war«, denn von Gegenwart kann bei dieser Sorte von insgesamt allerdings liebenswürdigen Leuten schon lange nicht mehr die Rede sein. ❁ Ich winke lieber nur kurz durch die Scheibe, denn wenn ich hineingeh, quatsch ich mich noch fest. Es ist ja alles so interessant. ❁ Außerdem muß ich noch mit Pit »Piwi« Winkler einen heben gehen, dem letzten Überlebenden der sogenannten »Kneatles«, einer Beatles-Nachspiel-Gruppe aus Konstanz — Autokennzeichen KN, daher »Kneatles« — nicht zu verwechseln mit den sogenannten »Knister-Beatles«, jenem kurzlebigen Projekt von Studenten der Hamburger Kunstschule Lerchenfeld, die versuchten, Songs der Beatles lediglich durch das Knistern mit Plastikfolie und Papier erkennbar wiederzugeben. ❁ Doch will ich mich auf keinen Fall noch mehr im Anekdotischen verfangen. Irgendwann schadet es einem ja doch.

Der Karpfen auf den Shrimps

Schau mal dort, im Schaufenster der Buchhandlung: Ein Buch namens **DER KRAPFEN AUF DEM SIMS** *Sein Autor soll als ganz kleiner Junge einen Hodenhochstand gehabt haben, stand einmal in der* **TECHNISCHEN RUNDSCHAU**

Uff, jetzt wackelt's aber! Mensch, Tina, ich glaub, wir erleben gerade ein Erdbeben! Guck, da: neben der Buchhandlung ist ein Fischgeschäft, in dessen Auslage gerade alles verrutscht:

Die Zander flutschen auf die Forellen,
die Bratheringe gleiten auf die **Matjes**.
Die Hechte rutschen auf die Sardinen
und der Karpfen auf die **Schrimps**.

Wir sollten uns rasch in Sicherheit bringen, Tina!

Entwurf für eine Kinokampagne zur Image-verbesserung v. vegetarischem Brotaufstrich

Zwei mit Schmuck behangene Damen verlassen einen Juwelierladen.
"Hast du gesehen, daß der Juwelier eine Stulle neben der Kasse liegen hatte?"
"Nein! Was war'n drauf?"
"Weiß nicht, aber ich wette, Käse. Juweliere sind doch nicht so Wursttypen, oder?"
"Wieso denn nicht? Warum sollte ein Juwelier keine Wurst essen?"
"Weißt du was? Wir schleichen uns einfach in den Laden zurück und gucken nach."
Sie tun es und erwischen den Juwelier auf frischer Tat bei einem Biß in seine Stulle. Und? Was ist drauf? VegetarischerAufstrich!

Alle drei halten ihren Daumen in die Kamera und sagen: Vegetarischer Aufstrich – ein Juwel unter den Möglichkeiten, sich was aufs Brot zu schmieren.

Von den Firmen »Tartex«, »Zwergenwiese« und »Rapunzel« abgelehnt.

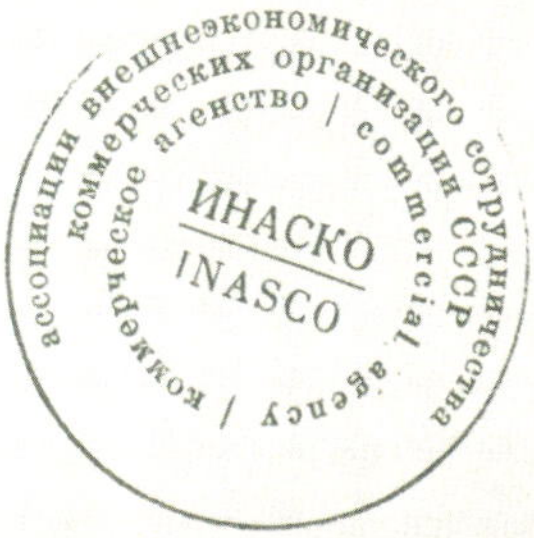

Bezüglich der nicht selten angestellten Überlegung,
was man einem netten jungen Mann schenkt,
gebe ich zu bedenken:

Junge Männer essen sehr gern **Kuchen!**

MAN MUSS ihnen keineswegs fußballförmige Bierfäßchen schenken, die bei Berührung Frauensexgestöhne hören lassen. Es gibt sogar etliche junge Männer, die solche Geschenke richtiggehend schlecht finden.

MAN KANN jedoch praktisch jeden jungen Mann »gewinnen«, mitunter sogar zu sonderbaren, zum Teil außerordentlich widerlichen »Praktiken« überreden, wenn man ihn mit einem selbstgebackenen Kuchen überrascht. Aber nicht mit »Muffins«, »New York Cheese Cake«, »Braunis« o. ä. Diesen Mist kriegen sie ja in ihren Mensen, Umkleidekabinen, Kfz-Werkstätten oder wo auch immer sie abzuloungen geruhen.

MAN MUSS einem jungen Mann heutzutage schon etwas bieten, bevor er »anbeißt«.

Möchten Sie, daß ich Ihnen etwas in Ihre Anorakkapuze schütte?

Kompott

EINE FRAGE, DIE KAUM EINER VON UNS STÄNDIG IN DER FUSSGÄNGERZONE HÖREN MÖCHTE.

Wo nun allerdings das unschöne Thema schon einmal aufgeworfen ist, soll hier ruhig dargestellt werden, wie sehr Kapuzen den Blickwinkel verengen.

Ohne Kapuzen gäbe es keinen Krebs und keinen Krieg mehr auf der Welt, denn unter den vielen Kindern, die bereits durch die kapuzenbedingte Verengung ihres Gesichtsfeldes beim Überqueren von Straßen zu Tode gefahren wurden, wäre gewiß das eine oder andere gewesen, das – sofern es nicht gestorben wäre – ein wunderbares Krebsmittel entwickelt hätte oder eine Formel für den Frieden, und zwar eine richtig gute.

Doch sie sind tot. Und ihre Eltern, die sie so übertrieben eingekleidet haben, sind somit schuld am Fortbestehen von Krebs, Krach und Krieg.

Scheint somit jeder, der Kindern Kompott in die Kapuze schüttet, ein Kämpfer für Frieden, Ruhe und Gesundheit zu sein? Scheinen tut's immerhin so, wenn man nicht allzu sehr in die Materie eintaucht.

Die Elfjährige, die in der Achterbahn ein Kind ohne Knochen gebar

Sie war zum einen dermaßen dick, daß ihre Schwangerschaft von niemandem, geschweige denn von ihr selbst bemerkt wurde; zum anderen war sie so schwammvoll mit irgendeiner Art von Schnüffelbenzin, daß auch sie selbst vom Geburtsvorgang nichts mitbekam. Sie hielt ihr Kind für eine der etwa rugbyeigroßen Früchte des Spinnenpuddingbaums, die so regelmäßig in die Achterbahnwagen fielen, daß sie längst schon keinen Fahrgast mehr sonderlich erschreckten oder anwiderten. Natürlich war es städtebaulicher Unfug gewesen, eine Vergnügungsbahn ausgerechnet durch einen Wald zu bauen, dessen Bäume in unvorstellbarer Menge glibberige Riesenfrüchte produzierten, doch wovon hier die Rede ist, trug sich in einem hinteren und üblen Teil Australiens zu, in dem der Unfug quasi Programm ist.

Um das schlecht plazierte Fahrgeschäft halbwegs rentabel zu halten, setzten seine Betreiber den Eintrittspreis so niedrig an, daß das Fahren mit dieser Achterbahn unter sozial Schwachen extrem populär war. Aus allen Teilen des Landes kamen sie barfuß oder in von Tesafilmstreifen zusammengehaltenen Bussen herbeigeächzt, um durch die Baumkronen des Spinnenpuddingwaldes zu rasen. Für viele stellte der Fahrtwind das einzige Deodorant ihres Lebens dar; nicht wenige kauften sich Hunderterkarten und fuhren tagelang. Daß sie dabei unentwegt mit den klebrigen Spinnenpuddingfrüchten bombardiert wurden, nahmen sie zwar nicht stillschweigend, durchaus aber grölend in Kauf. Die Früchte wurden unter dem Absingen markiger Volkschoräle zurück in die Baumkronen geworfen. So verfuhr auch die Elfjährige mit ihrem unbemerkt gebliebenen Kind.

Die Elfjährige, die in der Achterbahn ein Kind ohne Knochen gebar

DREI WEIHNACHTS-BILDER

1

Kerzen spiegeln sich
in Christbaumkugeln,
die sich wiederum
in Kinderaugen
spiegeln

2

Ein Weihnachtsbaum,
geschmückt mit Kinderaugen
(natürlich künstlichen!)

Ein Kinderchor
mit leeren Augenhöhlen
steht singend um einen
Weihnachtsbaum herum, der
üppiglich mit Kinderaugen
geschmückt ist (mit
natürlich echten!)

Auf der Fraueninsel

im Chiemsee gibt es tatsächlich Frauen.
Angenehme, zurückhaltende,
fromme Frauen.

Auf der Pfaueninsel

im Berliner Wannsee gibt es tatsächlich Pfauen.
Unangenehme, aufdringliche Pfauen. ❧ Die
Pfaueninsel wird gern von leicht verletzten
Rentnern aufgesucht. Die pulen sich dort
ihre Pflaster ab und werfen sie in den
Kies. Später kann es passieren,
daß sich ein Pfau mit einem
abgepulten Pflaster im
Schnabel einem
Kind nähert.

Dessen Eltern
sagen dann: „Pfui Pfau!"
Zu Recht!

WORDS OF A TROPICAL FERRYMAN

Look, I'm a funny person:
I transport people from the shore to some magic island
That's what I do
I like my life
I go dancing almost every night
Have you seen or heard my music?
Do you like my face?
I am a happy man, who lives a happy life, who says:
I like my life
In the middle of a big fat sun of happiness
Sometimes I am unusual
I take a silly plant
And put it on the dancy floor
People think I'm crazy
But I will always be a miracle
Who moves in circles
With not so much money
Nuts, I'm nuts, I have ideas
Like crazy little circles
Like a miracle
Who likes my life and loves my circles
I think I never go away
I will always be and stay and like my little life
Because it's sweet and sometimes funny
No, we're not eating flamingoes
We think they're nice
And have a smile like the colours of these
Genuine birds
I like dancing
But I also like staying a dream
Look that kitchen is full of good food
I might eat all of it and get fat
I might not stay slim
But look, I like my life
I can't say other things
Recently we had a meeting
I mentioned everybody
And noone was surprised
I own a certain chocolate factory
I never pay my workers
But they are working anyway
Because they're kind
Just kind local people
Like I am

» It's only a movie «, pflegte Alfred Hitchcock zu sagen, wenn jemand, insbesondere er selbst, an einem seiner Filme etwas auszusetzen hatte

Ein nicht rundum gelungenes Kunstwerk ist also halb so schlimm. Viel schlimmer ist es, mit vollem Mund niesen zu müssen, zum Beispiel während eines Staatsbanketts: Man hält sich zwar die Hand vors Gesicht, bedeckt jedoch den Mund nicht ausreichend, sodaß

ein Schwall halbzerkauten Pangasiusfilets mit Prinzeßkartöffelchen

in Geschoßgeschwindigkeit dem gegenübersitzenden, ohnehin etwas gereizt wirkenden Botschafter von Libyen ins Gesicht fliegt. Und dann fällt einem zu allem Überfluß nicht sofort ein, was » Entschuldigung « auf arabisch heißt.

Gesetzte Schriften: Garamond, Largo, Koralle, Futura, Sinkwitz-Gotisch, Maxima, Fundamental, Block-Signal, Bigband, Gill, Plantin, Volta, Excelsior, Wiener Grotesk, Zentenar-Fraktur, Delphin, Walbaum, Bodoni, Legende, Compliment, Splendor, Present, Konzept, Elegance, Reporter, Super-Grotesk, Schreibmaschinenschrift, Solemnis, Pracht-Antiqua, Unger-Fraktur

ORIGINALAUSGABE
Einmalige, numerierte Auflage von 2010 Exemplaren
Der Bleisatz wurde nach dem Druck abgelegt
BERLIN ANNO 2010

Dieses Buch trägt die Nummer № 2004

Bleihandsatz: Martin Z. Schröder unter Mitarbeit von Lars Stange in Berlin. Monotypesatz auf den Seiten 10 bis 13 und 32: Museum der Arbeit in Hamburg, Erich Hirsch (Monotypesetzer) und Helmut Bohlmann. Ausstattung und Druck auf dem Original Heidelberger Tiegel, Bj. 1952, Umschlag auf dem Pedal-Boston-tiegel „Emil Kahle", Bj. um 1900: MZS. Feinpapier: Pop'Set Perlgrau und Spring Green, Curious Metal Antique Bloom von Arjowiggins, geliefert von der Papier-Union, Hamburg. Die Fadenknotenheftung besorgte Lüderitz & Bauer, Berlin.

Verlag: Martin Z. Schröder, Drucker · www.letterpressberlin.com
Die Produktion wurde im Internet dokumentiert:
www.blog.druckerey.de
International Standard Book Number 978-3-00-032310-2
La Deutsche Nationalbibliothek recoge esta publicación en la Deutsche Nationalbibliografie; se puede encontrar los datos bibliográficos en el internet por http://dnb.d-nb.de.

Liebe auf den letzten Blick

Stell dir vor,
man liegt im Sterben
und es kommt jemand
zur Tür herein,
Krankenschwester oder so,
und man verliebt sich
im allerletzten Augenblick
seines Lebens!
Was macht man denn dann?

Sterben!

Max Goldt
Sind wir denn nur in Cordbettwäsche etwas wert?

GOLDT
CORDBETTWÄ
SCHE

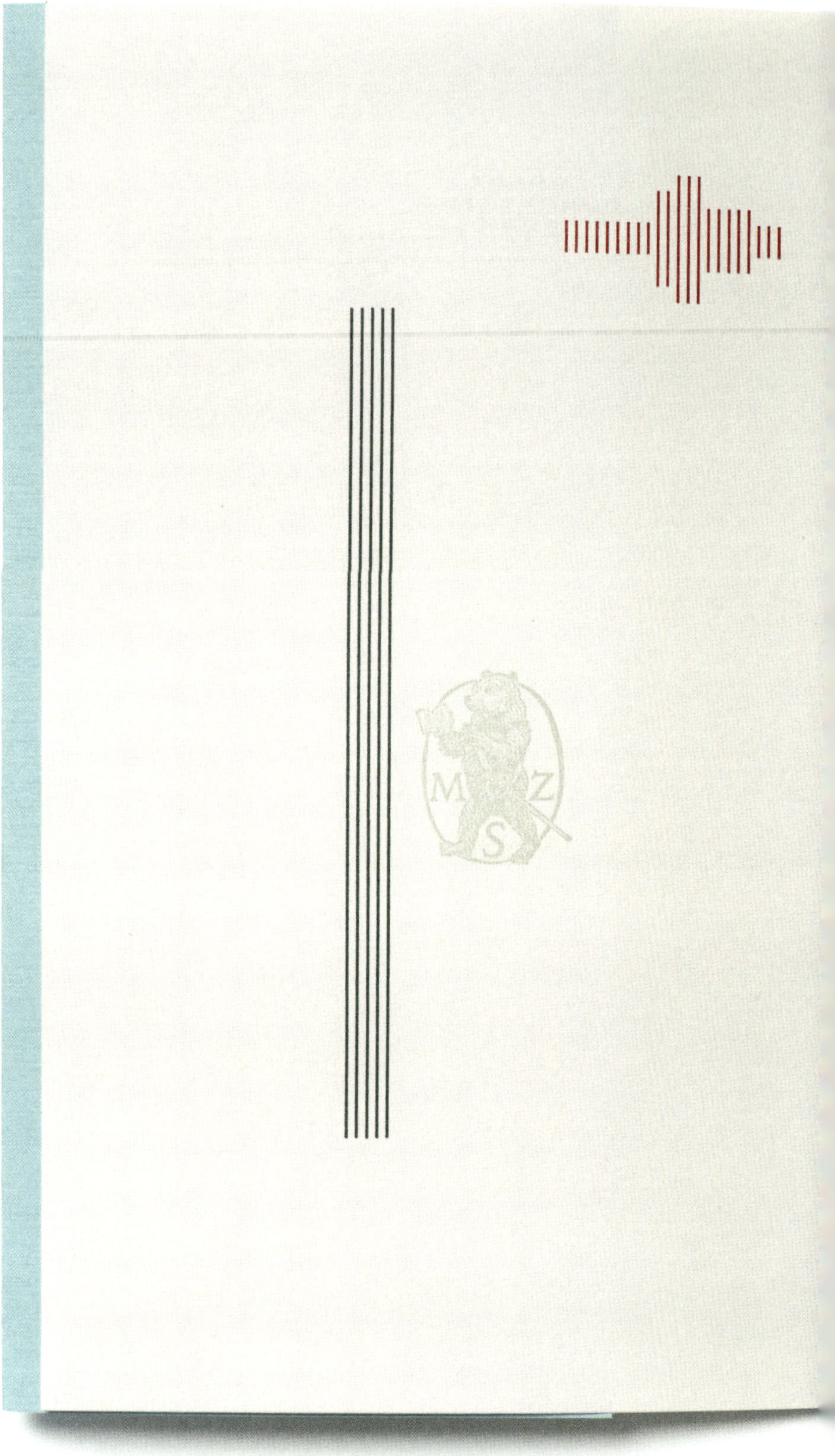

Max Goldt

Sind wir denn nur in Cordbettwäsche etwas wert?

TYPOGRAFISCH ARRANGIERT
VON MARTIN Z. SCHRÖDER

WOW!
MANN!
SENSATION!

Der Papst, der Piesack und der Popanz! Alle drei auf einmal! Gipfeltreffen der seltensten Art! Und als ob das nicht schon ungewöhnlich genug wäre: Jetzt nähert sich auch noch ein Piepmatz! Wo ist die Kamera? In der Jakkeninnentasche! Verdammt! Ich krieg die Jacke nicht auf! Schalfransen haben sich im Reißverschluß verheddert! Egal! Ich wende Gewalt an! Neuer Reißverschluß kostet höchstens zehn Euro. Das Foto dagegen wird mir Zigtausende einbringen! Bin bereit! Alles in Stellung!

UFF –

der Piepmatz fliegt fort.
Chance verpaßt! So geht es mir immer.
Ich werd
ein übles Ende
nehmen.

INTERVIEW

☛ mit einer sonderbaren Mutter

Reden wir einfach mal ganz ungezwungen über Mutterschaft. Man sagt, so eine richtig normale Mutter wären Sie nicht gerade.

Ja, was alles so gesagt wird! Die so reden, wissen ja nicht, wie es ist, seine Kinder Tag für Tag mit trocken Brot in die U-Bahn, Entschuldigung, ich meine natürlich Schule schicken zu müssen!

Aha! Freudsche Fehlleistung! Sie schicken Ihre Kinder also in die U-Bahn statt zur Schule! Wohl zum Betteln.

Ja, ich geb's zu, mitunter tue ich das! Aber Sie wissen ja nicht, wie es ist, wenn die Kinder einen den ganzen Tag anstarren wie halbverhungerte Idioten in einer russischen Irrenanstalt!

Wieviele Kinder haben Sie denn?

So viele wie es Erdteile gibt: Fünf. Es sei denn, man rechnet die Antarktis zu den Erdteilen. Dann sind es sechs. Aber das tut ja keiner. Da wohnt ja niemand, wie sollte das denn ein Erdteil sein? Außerdem habe ich schließlich nicht sechs, sondern fünf Kinder. Eines hübscher als das andere.

Ich denke, ihre Kinder schauen Sie immer an wie halbverweste Idioten?

Halbverhungert! Nicht halbverwest! Lediglich halbverhungert. Verwesen tut bei mir nichts. Bei mir ist alles blitzsauber. So ein schlechter Elternteil bin ich nun auch wieder nicht, daß ich meine Kinder verwesen lasse. Verhungern ja, aber nicht verwesen.

Räusper!

Bombe explodiert. Interview muß beendet werden wegen des überraschenden Todes beider Teilnehmer

Für unser neues
GenderKompetenzZentrum
in Berlin-Schöneberg suchen wir
noch mehrere gerne benutzte (aber bitte saubere!!!!!) Matratzen (bitte keine Billigware vom Dänischen Matratzenlager!!!!!) und einen nicht übermäßig verzweigten Katzenkratzbaum.

Neulich

hatten wir ja in Brandenburg

innerhalb eines einzigen Jahres

die meisten aufeinanderfolgenden

sonnenscheinlosen Tage seit Beginn der

Wetteraufzeichnungen (19 nämlich)

das kälteste Ostern seit 1954

den wärmsten Mai seit 1909

den windigsten

17. September

seit 1977

Alles schön und gut. Doch wann fand
die letzte öffentliche Hinrichtung
von eineiigen Zwillingen statt?

Einen Toast auf jemanden ausbringen

Als ich noch jung und unweltläufig war und somit nicht wußte, daß Toast nicht nur Röstbrot, sondern auch Trinkspruch bedeutet, verstand ich diese Redewendung nicht. Ich verstand stattdessen:

Einen Toast auf jemandem auswringen

Geht ja schließlich auch: Reichlich gute Butter auf eine heiße Scheibe Toast streichen und dann das durchfeuchtete Brot über dem Kopf einer ungeliebten Person auswringen wie eine im Handwaschbecken gewaschene Lieblingsunterhose.

Einmal Alt-Wiener Hosentürlfleisch bitte und dazu ein nicht zu kaltes Cola. Man sagt doch das Cola bei Ihnen in Wien oder? Zu süß! Nein nein, Cola ist mir nicht zu süß, ich wollte nur zum Ausduck bringen, wie reizend ich es finde, daß man das Cola sagt. Und der Radio! Eine Stadt, bis an die Halskrause gefüllt mit liebenswürdigen Eigentümlichkeiten, köstlich.

ZEHN MINUTEN SPÄTER:

Hoppala! Das Alt-Wiener Hosentürlfleisch ist eine Wurst! Ich dachte, das wäre so eine Art Zwiebelrostbraten. Ach, Sie meinen, bei dem Namen könne es sich nur um eine Wurst handeln? Wieso denn? Was ist denn eigentlich ein Hosentürl?

Ach so!

Ach so, dann. Ja. Ich verstehe schon.

Würden Sie vielleicht den Radio leiserdrehen?

Ei ja, verstehe. Die Ministerialrätin Magister Josephine Martinek hört beim Essen gerne Reggae. Oder Soul. Ah. Hip-Hop auch gelegentlich. Sogenannte schwarze Musik. Danke für die Aufklärung. Was ißt die Ministerialrätin denn eigentlich? Nicht, daß es mich etwas anginge. Ach, auch Alt-Wiener Hosentürlfleisch. Dann verstehe ich, ja.

Mich stört die Musik auch gar nicht. Ich wollt nur mal wieder der Radio sagen, als ich sie bat, den Radio leiserzudrehen. Ich sag so gern der Radio, ohne gleich von Brigaden zeigestockschwingender Deutschlehrer giftig angestarrt oder gar in einen Teich gestoßen zu werden.

Danke! Ja, ich lasse es mir gerne schmecken, sehr gern sogar.

Ein Mann namens LARS STANGE ließ einst einen werten Herrn fragen, ob er nicht ein Pseudonym wisse. Mit dem Namen LARS STANGE fühlte er sich wie ein Brutaler, wie ein Bohrender, wie ein in eine verschwitzte, geradezu klebrige Ecke Gedrängter. Da ließ der um Rat gebetene werte Herr dem Herrn Stange ausrichten, er möchte sich doch bitte in LUTZ STECHER umbenennen. Wie unzufrieden Herr Stange mit diesem Rat war, mag sich der eine oder andere gedanklich robuste Zeitgenosse in einer stillen Stunde ausmalen.

Seinen Puller rausholen und Salz draufstreuen?

Das kann es doch eigentlich nicht sein. ❁ Das kann einfach nicht die Antwort auf die Fragen sein, die diese ungewöhnliche Zeit stellt. ❁ Natürlich zieht man sich gern mal zurück, um urologische Vorgänge zu erledigen. Aber Salz draufstreuen? Was soll die Frage überhaupt? Wer erlaubt eigentlich solche Fragen? ❁ Beim Staate Israel: Man weiß es nicht. ❁ Man muß es einfach mal probieren. Ding rausnehmen und Salz draufstreuen! Hinterher ist man dann klüger. ❁ Eventuell. ❁ Ja natürlich, diesen Einwand lasse ich gelten: Wäre es so einfach, klüger zu werden, gäbe es einen großen Run auf die Herrentoiletten der Welt. Und gewiß, meine lieben kritischen Patrioten, mit Israel hat das alles gar nichts zu tun!

Worte von Mao Tse Tung

oder, wie man heute transskribiert, Mao Zedong? Heute ausnahmsweise mal nicht. Heute statt dessen Worte eines jungen Rügen-Urlaubers vom Nebentisch, unfreiwillig mitgehört und aus Notwehr aufgeschrieben:

Meine Mutti ist 1 m 82, superschlank, aber das allergrößte Arschloch. Das ist halt einfach so.	**Von Silver Rain habe ich auch das Body-Spray. Es gibt keinen geileren Duft. Das ist halt einfach so.**

Ich will das einfach alles mal mitgemacht haben und mir nicht hinterher sagen, da war ich nicht dabei.

Ich lege unglaublich viel Wert auf Äußeres, nichtsdestotrotz lege ich im Endeffekt auch unheimlich Wert auf irgendwas, was mich reflektiert. Das ist halt einfach so.

und als eine Stretchlimousine durch die Binzer Fußgängerzone fährt:

Mein Onkel vermietet sowas auch.

DE KEENICH PJERRO, DEY DOUTEN UN DEY LEBENJEN

Kam de Keenich Pjerro
nachem Griech zarögg
in sei Land.
»Mann, dey ville Doute,
dey stinke!« rept him.
Kam so a Gequiek
ausse Heiser vonne Lebenjen.
»Hemma, Keenich, wa Lebenje,
dey stinke a net weench«,
rept en Frou, dey uffe Glou sitz
un nix am Leev hat als
en Kasserol uffem Kopp.
Gäng de Keenich Pjerro
zarögg in sei Exil.

28. Sept. 2011 Nun sitze ich im Restaurant Rebstöckle in Reutlingen. Ich habe Schnitzel mit Spätzle bestellt, weil es sonst nur Saure Linsen mit Nieren gab. Das klingt irgendwie krank, nach Aufstoßen, Ruflux, Essigessenz. Nieren sind hart und glatt, glaube ich. Ich esse nie Nieren.
Danach – so steht's in der Karte – gibt es echt gekochten Schokoladenpudding mit echt gekochter Vanillesauce. Das klingt nach Kleineleutenostalgie, aber ich freue mich darauf wie ein redliches kleines Baby im Fettbadegerät. Kein niedliches Baby, sondern ein redliches! Und lieber ein redliches Baby als ein redseliges! Aber warum Fettbadegerät? Lieber wie ein Baby auf einer Wiese voll summender Hummeln und Brummeln. Wie schön, sagt hier der Freund allzu beliebter Redensarten, wenn sich einer noch an kleinen Dingen freuen kann. Mit „einer" bin in diesem Falle wohl ich gemeint. Ist es auch schön, wenn sich Leute noch vor kleinen Dingen fürchten können? Vor Atomen? Vor Bakterien? Die sind wirklich sehr klein!
Vorpubertäre junge Mädchen kriechen oft unter den Tisch vor Angst, demnächst einen zu kleinen Busen zu kriegen. Eine 62jährige Exiltschechin erzählte neulich folgenden, eventuell typisch tschechischen Witz:
Was tut eine Frau mit zu kleinem Busen?
Sie hält ihn in einen Bienenkorb.
Mückenschwarm würde auch reichen, entgegnete ich.
Vielleicht würde sogar ein Fettbadegerät reichen?

23.1.08
Das Lokal „Mutter Wittig" im krisengeschüttelten Bochum ist wohlgefüllt mit gutgelaunt schmausenden „gehobenen Normalos", doch jetzt betritt ein Herr mit einem Riesenschnauzer das Restaurant. Die sind sehr gefährlich. Ich erinnere mich deutlich, vor etwa 25 Jahren gelesen zu haben, daß ein Riesenschnauzer eine 70jährige Kabarettistin in die Hand gebissen hat. Die müßte jetzt um die 95 sein. Vielleicht kann sie wegen der Handverletzung kein Besteck mehr benutzen und muß mit Hilfe eines Trichters ernährt werden, eines zerbeulten alten Aluminiumtrichters, vor dem sie sich ekelt und fürchtet. Das ganze Leben lang auf der Bühne kritischen Spaß gemacht und jetzt sowas!
Alte Leute fürchten sich schnell mal vor etwas vermeintlich Harmlosem wie einem Aluminiumtrichter. Da müssen wir uns gar nicht drüber beömmeln. Wer weiß, wovon wir uns im Alter drangsaliert fühlen? Vielleicht von einer simplen Wäscheklammer? „Schnapp schnapp schnapp! Schnappt nach der Nase!" würden wir wimmern und niemand anderen als die üble Wäscheklammer meinen.

(Pfui Teufel! Nun hat der Mann dem Riesenschnauzer eine Salzkartoffel ins Maul gestopft – mit Gewalt.)

DER BUSEN

Tagsüber rempelt und faucht er in alle
Richtungen, erst am späten
Nachmittag läßt er sich
besänftigen, doch
ganz zur
Ruhe
kommt er
selbst des Nachts nicht.
In strengen Wintern friert
er zu, doch spätestens zu Ostern taut
er auf. Dann tropft es wieder auf den Teppich.

WARUM EIN MANN 80 WERDEN SOLLTE

Mit 30 blickt man am Pissoir an einem straffen Leib herunter. Mit 40 kann man wegen des dick gewordenen Bauches seinen Penis nicht mehr sehen. Mit 50 kann man wegen des Herrenbusens seinen Bauch nicht mehr sehen. Mit 60 kann man aufgrund seines Doppelkinns seinen Busen nicht mehr sehen. Mit 70 kann man wegen seiner Tränensäcke sein Doppelkinn nicht mehr sehen. Mit 80 kriegt man, statistisch gesehen zumindest, Krebs, wird dünner und sieht wieder alles.

Die 24-Stunden-Diät

Morgens um sechs ein Radieschen
Morgens um siem ein Radieschen
Morgens um acht ein Radieschen
Morgens um neun ein Radieschen
Vormittags um zehn ein Radieschen
Vormittags um elf ein Radieschen
Mittags um zwölf ein Radieschen
Mittags um eins ein Radieschen
Mittags um zwei ein Radieschen
Nachmittags um drei ein Radieschen
Nachmittags um vier ein Radieschen
Nachmittags um fünf ein Radiescheu
Ahms um sechs ein Radieschen
Ahms um siem ...

Warten Sie, wo sind denn meine Unterlagen?
Unterlagen muß man fragen
wenn man nicht mehr weiter weiß
Aha, hier steht es schwarz auf weiß,
verständlich auch für Müllers Lieschen:

Ahms um siem ein Radieschen
Ahms um acht ein Radieschen
Ahms um neun ein Radieschen
Ahms um zehn ein Radieschen
Ahms um elf ein Radieschen

Um Mitternacht auch ein Radieschen?

Um Mitternacht auch ein Radieschen
Sie sind ein sehr guter Prophet
Doch Obacht nun wie's weitergeht
Morgens um eins ein Radieschen
Morgens um zwei ein Radieschen
Morgens um drei ein Radieschen
Morgens um vier ein Radieschen

Und morgens um fünf auch ein Radieschen, oder?

Nein! Morgens um fünf nur ein halbes Radieschen!
Dieses ist der ganze Trick!
Behält man den nicht fest im Blick
bleibt man leider ziemlich dick!

Hm – sehr gut!–
Ihre Diät ist ja wohl
die schönste Verneigung
vor der Zahl
dreiundzwanzigeinhalb,
auf die ein Mensch
nur kommen kann

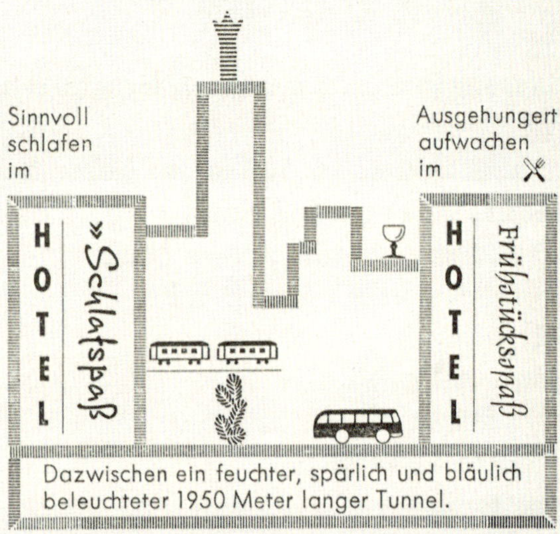

Man kriecht schlafend von einem Hotel zum anderen und erwacht erst beim Frühstück? Das verstehe, wer will!

Das versteht nicht, wer will. Das versteht nur, wer kann, und wer kann schon?

Energie sparen. Wasser sparen. Sogar Geld sparen! Demnächst wahrscheinlich auch noch Luft sparen! Kunst und Liebe bleiben einem auch oft erspart.

SCHADE UM DIE SCHÖNE VERSCHWENDUNG

Szenische Lesung
AUS EINEM
naßgewordenen
Dramenmanuskript

Sie: Darf ich Ihnen eine Tasse Darjeeling kredenzen?
Er: Aber ja, Hochwohlgeformte!
Sie: Ach, wie schön das spritzt und gluckert beim Eingießen!
Er: Wie habe ich Wicht in Wurmgestalt bloß eine so feine Tasse Darjeeling verdient, zumal aus den Händen eines so glaswolleartigen Zauberwesens!
Sie: Stellen Sie Ihr Licht doch nicht unter den Scheffel! Sie sind doch kein Wicht in Wurmgestalt. Sie sind eine Lichtgestalt in einer verheißungsvollen Samthose.

ES FOLGEN

DREIHUNDERT AUFGRUND VON NÄSSE-EINWIRKUNG UNLESERLICHE SEITEN

Er, auf dem Sterbebett: Und das üble Weib war nicht nur bösartig, sondern auch noch geil wie eine holländische Mühle bei Windstärke 11.
Sein Sohn, dem Vater die Hand haltend: Warum nicht Windstärke 12?
Er, sterbend: Taktische Bescheidenheit. Alter Trick.

E–Mail
an den Angehörigen einer Familie,
in der Zustände herrschen,
angesichts derer
manch einer ausrufen möchte:
Das sind vielleicht Zustände!

Hallo Pummeltom! Zu Deinem Geburtstag wünsche ich Dir ganz herzliche Genesungs- und Urlaubsgrüße und noch viele viele Jahre im Kreise Deiner hoffentlich noch extrem oft von Babygesang erfüllten Familienwiege. Jenniffer kreischt gerade aus der Küche herüber — nach einem schweren Sturz muß sie einige Wochen liegen —, daß ich auch Samantha und Sindbad grüßen soll. Und natürlich das frisch geschlüpfte Küken. Hoffen wir auch, daß Deine fünf Jüngsten statt geknackter Flipperautomaten, schwangerer Schulverweigerinnen und brennender Autoreifen mal ein halbwegs brauchbares Zeugnis mit nach Hause bringen.

PS: Die andere Jenniffer, von der ich Dich und natürlich auch Justin ganz herzlich grüßen soll, hat eine Nasennebelhöhlenschwangerschaft.

Besuch eines Unfeinsinnigen im Hinfälligenheim

Mit quietschenden Reifen brettert ein Mann zum Hinfälligenheim, parkt halb im Stiefmütterchenbeet, entert das Gebäude, schenkt der Person am Empfang keine Beachtung, die ihm hinterherruft: «Junger Mann, kann ich Ihnen behilflich sein?» und stapft schnurstracks in den Aufenthaltsraum der Heiminsassen, wo er sich aufbaut wie ein Volksschauspieler und brüllt:

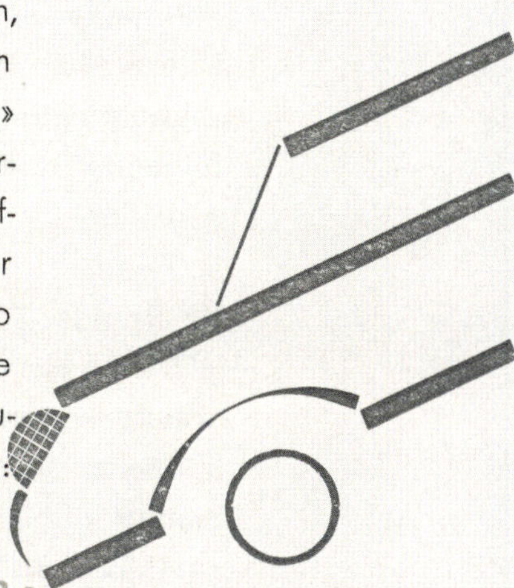

«Verschorfte Knie in eurem Alter! Was müßt ihr immer hinfallen! Ihr habt doch eure Wägelchen!»

Erwidert ein Hinfälliger schlagfertig: «Na, Sie sind aber unfeinsinnig!»

Baubles, Bangles & Beads

Das ist ein Lied, das „alle“ aufgenommen haben damals:
M. Dietrich
P. Lee
S. Vaughan
N. Simone
D. Warwick
Nicht „uffjenomm“ – um hier mal ein wenig von dem nicht nur an den internationalen Canastischen so schmerzlich vermißten Berliner Flair reinzubringen – haben dieses Stück folgende Persönlichkeiten:
A. Hitler
L. Reed
W. Brandt
Will man sie kritisieren dafür?
„Baubles, bangles and beads“ heißt übrigens: Christbaumkugeln, Armbänder und Perlen (aber nicht die aus Muscheln gewonnenen „echten Perlen“, sondern deren Form nachempfundene, durchlochte Gebilde aus z.B. Glas, Holz oder Pferdeknochen)

Eine Frau
würde niemals
eine Kette aus
Pferdeknochen-
perlen tragen!

Hast du eine Ahnung!
Das ist doch alles
nur tierliebes Getue
bei denen. Was
das Schinden von
Schwächeren angeht,
haben die es faustdick
hinter den Ohren!

Ein Pferd
ist doch nicht
schwächer als
eine Frau.

Ich kann mich nur
wiederholen: Hast du
eine Ahnung!

Die hat vielleicht geguckt, als ich ihr sagte, ich würde mich, sollte sie mich verlassen, in einem Übergangsmantel mit Pepitamuster an eine Birke lehnen und mit Hilfe eines Strohhalms in einer fast geleerten Limonadenbüchse kindlich-ordinäre Geräusche erzeugen.
Wie genau hat sie denn geguckt?
Schwer zu beschreiben, aber ich versuche es:
Sie hat geguckt wie eine, die nicht weiß, ob sie gucken soll wie

Die Witwe Bolte
beim
Sauerkrautverzehr

oder wie

Godzilla
beim Zertrampeln von
New York

Bei Wilhelm Busch ist allerdings von Sauerkohl, nicht von Sauerkraut die Rede.

E R D N U S S V E R Z E H R

aus bloßer ödnis

Das Gefühl
versalzener
Lippen nach
dem Erdnuß-
verzehr

Dann der erlösende Kuß

Gesetzte Schriften: Kavalier, Futura, Sinfonie, Figaro, Zeitungsgrotesk, Steile Futura, Baskerville, Gill, Fundamental, Schreibmaschine, Jaguar, Maxima, Folio, Garamond, Walbaum, Unger-Fraktur, Reporter, Aldus, Delphin, Volta, Saphir, Konzept, Groteskpfeiler, Bodoni, Lichte Bodoni, Cornelia, Zentenar-Fraktur, Akzidenz-Grotesk, Sinkwitz-Gotisch, Ganz Grobe Gotisch, Block sowie Holzschriften, Ornamente und Sonderzeichen. Umschläge: Corporate, Adana, Salome, digital gesetzt und von Magnesiumätzungen gedruckt.

ORIGINALAUSGABE
Einmalige, numerierte Auflage von 2150 Exemplaren. Der Bleisatz wurde nach dem Druck abgelegt resp. eingeschmolzen.
BERLIN ANNO 2012

Dieses Buch trägt die Nummer № 0973

Bleihandsatz: Martin Z. Schröder und Lars Stange in Berlin. Monotypesatz mit einer um 1960 in England gebauten Maschine auf den Seiten 6, 7, 20, 21, 24, 25 und 32: Museum der Arbeit in Hamburg, Erich Hirsch (Monotypesetzer) und Helmut Bohlmann. Zeilengußmaschinensatz auf den Seiten 10, 11, 16, 17, 26, 28 und 30: Thomas Kersting auf einer Setzmaschine Linotype Mod. 5 n.K., 1924 von der Mergenthaler Setzmaschinenfabrik in Berlin gebaut. Ausstattung und Druck auf dem Original Heidelberger Tiegel, Bj. 1952, Umschlag auf dem Pedal-Bostontiegel „Emil Kahle", gebaut in Leipzig-Paunsdorf um 1900: Martin Z. Schröder. Feinpapier Inhalt: Pop'Set Perlgrau von Arjowiggins, geliefert von der Papier-Union, Hamburg. Feinkartone Umschläge: Sirio Color Denim Celeste und Sirio Color Arpa Lime von Fedrigoni.
Die Fadenknotenheftung besorgte Lüderitz & Bauer, Berlin, auf einer Fadenknotenheftmaschine, Baujahr 1952.

Verlag: Martin Z. Schröder, Drucker · letterpressberlin.com
Die Produktion wurde im Internet dokumentiert: www.blog.druckerey.de. International Standard Book Number 978-3-00-038814-9. La Deutsche Nationalbibliothek recoge esta publicación en la Deutsche Nationalbibliografie; se puede encontrar los datos bibliográficos en el internet por http://dnb.d-nb.de.

Aufgabe für einen Tag ohne Rahmen:

Herausfinden, ob sich eine siebenbeinige Ente „vorkommt“ wie eine Spinne mit einem Bein zu wenig oder wie eine Ente mit fünf Beinen zuviel.

Recherche wird hier nicht reichen! Auch Überlegen wird es wahrscheinlich nicht bringen! Ohne Kontakte höchst besonderer Art wird man kaum zu einer Lösung kommen.

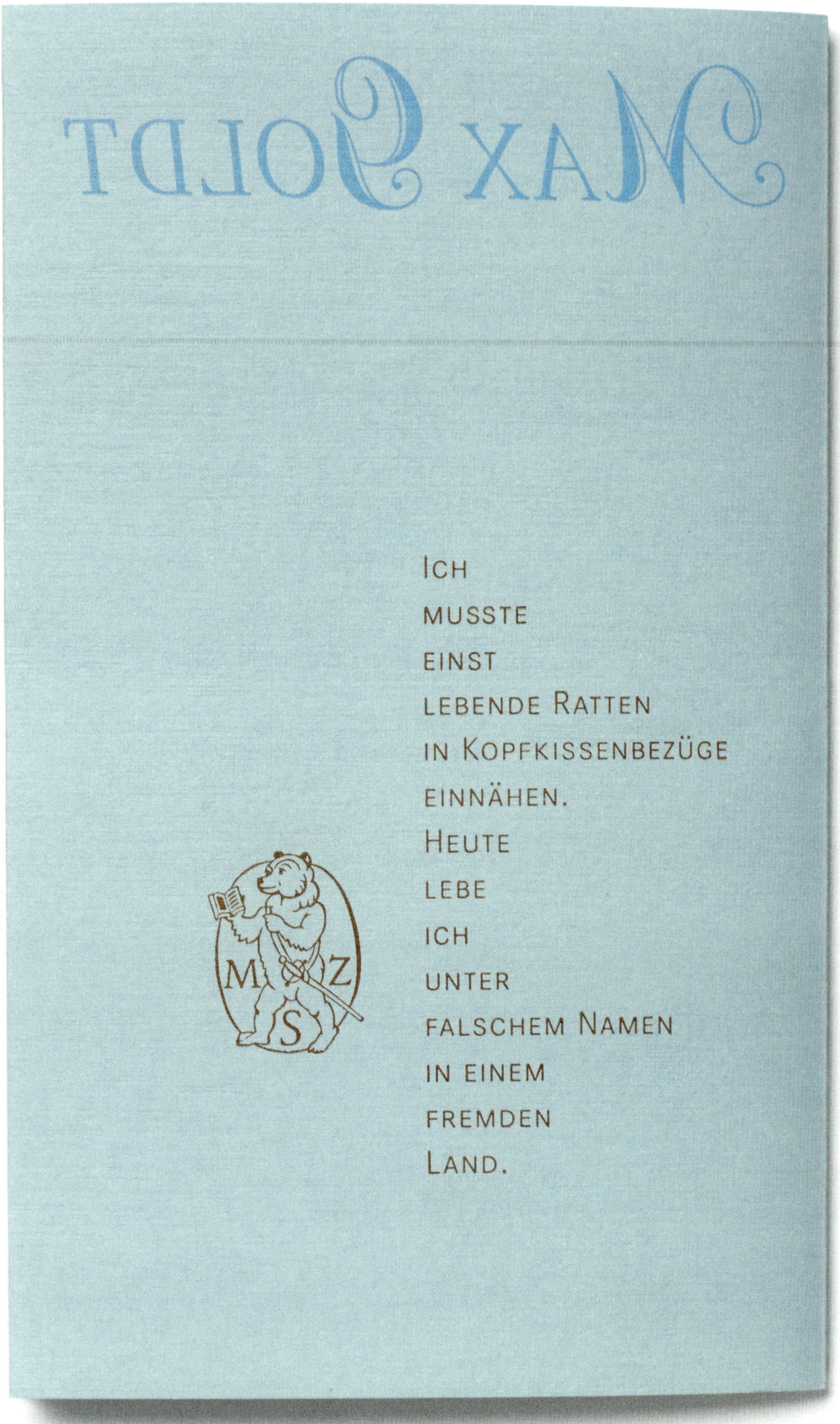
Max Goldt
Ich
musste
einst
lebende Ratten
in Kopfkissenbezüge
einnähen.
Heute
lebe
ich
unter
falschem Namen
in einem
fremden
Land.

Max Goldt
Ein gelbes Plastikthermometer in Form eines roten Plastikfisches
Typographice instauravit
Martinus Z Lucanus Cervus

REVONNAH

HANNOVER

HANNOVER

Max Goldt

Ein gelbes Plastikthermometer in Form eines roten Plastikfisches

Typographisch angeordnet
von Martin Z. Schröder

Institut für Erfreuliche Drucksachen
im
Revonnah Verlag Hannover

Gestern

haben wir Rabatz in der
Jil-Sander-Niederlassung Düsseldorf
gemacht.

Heute

machen wir Stunk in der
Jil-Sander-Niederlassung München.

Morgen

nehmen wir uns frei,
um zu überlegen, was wir

Übermorgen

in der
Jil-Sander-Niederlassung Hamburg
machen.
Ich seh da div. Möglichkeiten.

Zwei junge Herren von heute und die Damen Schneider besuchen das Gutenbergmuseum zu Mainz.

Der Dummkopf spricht zum Fool: Bleisatz ist doch schwul.

Romy spricht zu Magda*: Bleisatz hat Charakter.*

Magda spricht zu Romy: Halt die Fresse, Omi!

Romy (entsetzt): Aber ich bin doch deine Tochter und nicht deine Großmutter!

Magda (barsch): Das ist mir egal.

Du stehst im Weg und redest Müll!

Wenn man ein Buch namens

Berühmte Milchtrinkerinnen

schreiben möchte, und es fallen einem nur zwei Damen ein, die für Ihre Neigung zum Milchtrinken bekannt waren, nämlich Elisabeth von Österreich und Ella Fitzgerald, dann ist das kein Drama. Es ist noch nicht einmal ein Dramolett. Man muß einfach die Kapitel über Elisabeth von Österreich und Ella Fitzgerald etwas ausführlicher fassen, und schon ist das schöne Buch fertig.

**Romy und Magda Schneider: verstorbene Schauspielerinnen*

MAGENTROST

Wer gerade etwas Furchtbares ißt,
sollte immer daran denken,
daß er
theoretisch
ja auch folgendes Gericht zu essen
gezwungen sein könnte:

Ölsardinen
mit Vanillesauce
an einer Phantasie aus rohem
Hühnerklein

Die Traumzickigkeit eines jeden neudeutschen Beau Brummell: Uneingeladen auf der Seebestattung der Jacob Sisters zu erscheinen

NUN REDET DER HERCULES
IN SEINEM MERCEDES
TACHELES
MIT SEINER HERCULEUSE

Die Überschrift besteht unstreitig aus einem hübschen Satz. Doch es ist nicht zu übersehen, daß etwas von ihm ausgeht, und zwar ein Verlangen — eines nach einer Vorgeschichte, welche nicht kostbar sein oder sich im April in Paris abspielen muß. Sie muß billig und rasch passieren, und, gesagt, getan, passiert sie hier auch schon: ☛

Ein Gewichtheber geht mit seiner Freundin, die ebenfalls Gewichte hebt, in ein Warenhaus. Die beiden gehen in die Zeitschriftenecke, wo er beginnt, in Fachzeitschriften zu blättern. Da die Frau heute keine Lust hat, ihrem Freund, wie sie sonst zu verfahren pflegt, das Kinn in den Rücken zu bohren, während er am Schmökern ist, geht sie in die Kosmetikabteilung und kauft dort ein Eau de toilette. Danach kehrt sie in die Zeitschriftenecke zurück. Der Freund sagt: «Ich habe nun genug in den Kraftjournalen geschmökert. Laß uns die Kurve kratzen.»

Draußen fragt der Gewichtheber die Frau: «Wieso hast du mir eigentlich nicht wie sonst dein Kinn in den Rücken gebohrt? Wo hast du gesteckt, als ich schmökerte?» Als Antwort ertönt: «Ich habe mir dieses Parfum gekauft.» Nun wieder der Gewichtheber: «Bist du jeck? In unserer Kasse ist Matthäi am letzten!» – «Wenn du mir eine Szene machen willst», meint nun die Gewichtheberin, «dann bitte nicht auf offener Straße. Laß uns uns ins Auto setzen.»

Zum Auto wird nun innerlich kochend geschritten.

Und so:

NUN REDET DER HERCULES
IN SEINEM MERCEDES
TACHELES
MIT SEINER HERCULEUSE

Herculeuse klingt etwas abschätzig. Eigentlich heißt es Herculeurin. Friseusen sagen auch immer: «Es heißt nicht Friseuse, sondern Friseurin», obwohl Friseuse völlig korrekt ist.

Wenn ein Bier keinen Schaum

hat, sagt man, es habe eine Glatze.

Wein hat immer eine Glatze.

Wenn das nächste Mal die

feinen Herrschaften

beieinandersitzen,

muß man zu ihnen hingehen und

«Glatzendrinktrinker, Glatzendrinktrinker!»

rufen. Ja, das muß man.

«Es ist schön,

daß jeder golfplatz

immer anders ist. Jeder golfplatz – und da

gibt's inzwischen über 15 millionen

auf der welt – ist einfach so spannend

wie 15 millionen

frauen,

die man neu kennenlernt»,

sagte ein schauspieler in einem interview mit einer frauenzeitschrift. Welcher schauspieler es war, habe ich leider vergessen. Irgendein x-beliebiger serienschauspieler halt. Die leute fänden das zitat besser, wenn hier stünde, von welchem schauspieler es stammt. Das würde ihm mehr authentizität verleihen. Ohne autorenangabe klingt es «so ausgedacht». Die leute haben sich an das journalistische faktengebimmel mit namen und altersangaben in klammern schon so sehr gewöhnt, daß ihnen jeder bimmelverzicht tadelig erscheint. Das zitat ist aber nicht ausgedacht. Es ist ausgeschnitten, aus einer zeitschrift. Und selbst wenn es ausgedacht wäre: Inhaltlich wären die aussagen kaum wahrer. Nie im leben gibt es 15 millionen golfplätze auf der welt. Und kein golfplatz ist so spannend wie 15 millionen frauen. Golfplätze und frauen sind ohnehin nicht spannend. Gemeint ist wohl, daß sie interessant sind. Jetzt höre ich einen einwand: Wenn ein golfplatz nicht spannend ist, und eine frau nicht spannend ist, sind zwei frauen genauso spannend wie ein golfplatz, nämlich gar nicht. Insofern sind auch 15 millionen frauen nicht weniger spannend als ein golfplatz. Einwand akzeptiert.

Der hyperarrogante Halbkönig

Es war einmal
ein Halbkönig,
der war bis zum Abwinken hyperarrogant.
Hier mal ein Beispiel:

Kam im „elektronischen Goldfischglas"
ein Bericht
über die letzte WM.
Bekam einer der Akteure
„Wadenbeißen". Meinte der Halbkönig:
Kann ich ja nichts für.

Wenn Schlagersänger beim Singen schwindeln, schimpfen nur ganz wenige. Niemand wird VICO TORRIANI einen *Strick* daraus drehen, daß er einmal gesungen hat: *Calcutta liegt am Ganges.* Calcutta liegt zwar nicht am Ganges, sondern am Hugli, aber das ist ja immerhin ein Arm des Ganges-Delta. Mir gefror aber neulich der Atem, als ich in einem Tonträgerantiquariat eine Vinyl-Schallplatte der Schlagersängerin ANDREA JÜRGENS sah, die den Titel trug:

Jedes Mädchen wird einmal 17.

Auf dreistere Weise hat wohl noch niemand die Existenz von Säuglingssterblichkeit geleugnet. Gerade in Calcutta wird beileibe nicht jedes Mädchen 17.

Ist es zynisch, im Wohnzimmer zu frühstücken?

«Normalerweise frühstücken wir nicht im Wohnzimmer, aber sonntags frühstücken wir im Wohnzimmer. Auch feiertags, also auch am 26. 12. und Ostermontag. Wir wissen aber noch nicht, wie wir uns verhalten werden, wenn der Pfingstmontag als gesetzlicher Feiertag abgeschafft wird, um die Pflege alter und behinderter Menschen in den östlichen Bundesländern zu gewährleisten. Vielleicht würden wir es als zynisch empfinden, trotzdem im Wohnzimmer zu frühstücken. Andererseits: Vielleicht frühstücken die älteren und behinderten Menschen ja selber im Wohnzimmer und denken nicht im Traum daran, sich zu überlegen, ob das zynisch ist, im Wohnzimmer zu frühstücken, während jene, die es durch den Verzicht auf den Pfingstmontag erst ermöglichen, daß andere, die vielleicht gar kein Wohnzimmer haben oder nur ein ganz kleines, überhaupt was zum Frühstücken haben und aus Solidarität mit diesen Menschen an abgeschafften Feiertagen in der Küche sitzen und mit Stielaugen in Richtung Wohnzimmertür schielen.»

WEICHE
EIER!

VERZWEIFELTE
BESITZER!

OVALE
ELTERN!

EIN
WARMER
TRAUM
VON
BÄUMEN!

WIE
LÜFTET
MAN
EIN
KINO?

WIE
DANKT
MAN
EINEM
TIER
OHNE
AUGEN?

Wer gerne näht,
näht nur mit
Gütermann-Nähgarnen.
Drum nähen Sie
nur mit
Gütermann-Nähgarnen,
denn mit
Gütermann-Nähgarnen
näht jedermann gern.

Sehr geehrtes Tagebuch!

Den Eingang meines sexuellen Erlebnisses vom 21. 12. 1997 möchte ich bestätigen. Unser Haus bedauert jedoch, den Vorfall zum gegenwärtigen Zeitpunkt keiner Beurteilung unterziehen zu können.

Mit vorzüglicher Hochachtung

....

Erlebnisnehmer

BAKTERIEN VON PARALLELOGRAMMGESTALT

Gibt es in der Natur eigentlich Parallelogramme?
«Ich würde meinen», daß es Lichtkonstellationen gibt,
in denen Häuser parallelogrammartige Schatten
werfen, und Schatten ist ja Natur.
Häuser nicht, aber Schatten. Es gibt vielleicht
auch Bakterien von Parallelogrammgestalt.
In England wurde 1996 mal ein unvorstellbarer
unwichtiger Pop-Krieg
um ein Lied namens «Purple parallelogram»
gefochten. Irgendein Hickhack zwischen den Gruppen
Oasis
und
Lemonheads.

Fragen Sie mal Ihre Großeltern.

Zierliche frauen

Zierliche frauen trinken gern lieblichen
Wein . zupackende frauen trinken
Dagegen auch mal einen strengen bzw.
Herben, bzw. herzhaften, oder besser
Ausgedrückt: trockenen wein . das ist das
Richtige wort . herzhaft ist ja immer was mit
Zwiebel, und herbe sind die gesichtszüge,
Die man vom trinken zu vielen lieblichen
Weines bekommt . wobei zupackend bei
Frauen streng genommen nicht das
Gegenteil von zierlich ist . auch zierliche
Frauen können zupackend sein . man
Sieht das oft im getränkemarkt bei jenen
Regalen, in denen lieblicher wein auf
Frauen mit herben gesichtszügen wartet.

Er wurde geboren,
dann wurde er geheiratet,
dann wurde ihm ein Hund geschenkt,
jetzt wird er angebellt.

Typisch Wurde-wurde-wurde-wird-Mann!

1. Heute, wo wir Internet haben, ist es natürlich leicht, herauszufinden, daß sich Hillary Clinton mit Doppel-l schreibt und daß Rodham nicht ihr zweiter Vorname ist, sondern ihr elterlicher Familienname bzw. „Mädchen-name" – falls man das noch sagt. Aber was wußten wir schon 1997? Fast nichts!

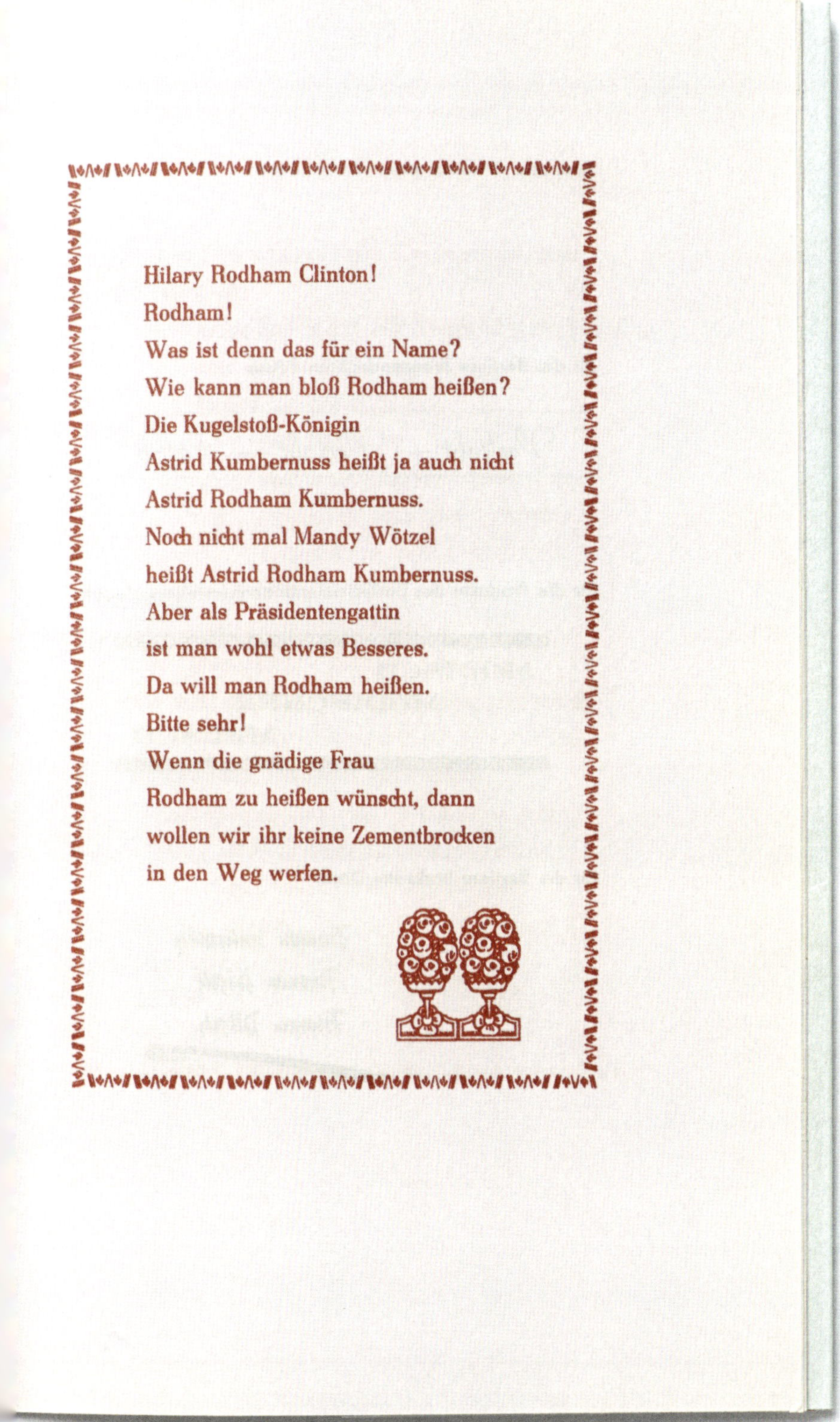

Hilary Rodham Clinton!
Rodham!
Was ist denn das für ein Name?
Wie kann man bloß Rodham heißen?
Die Kugelstoß-Königin
Astrid Kumbernuss heißt ja auch nicht
Astrid Rodham Kumbernuss.
Noch nicht mal Mandy Wötzel
heißt Astrid Rodham Kumbernuss.
Aber als Präsidentengattin
ist man wohl etwas Besseres.
Da will man Rodham heißen.
Bitte sehr!
Wenn die gnädige Frau
Rodham zu heißen wünscht, dann
wollen wir ihr keine Zementbrocken
in den Weg werfen.

2. Astrid Kumbernuss war damals als ultrapotente Kugelstoßerin „in aller Munde". Man hat sich auch immer gefragt, wie wohl die Nuß schmeckt und wie sie ausschaut. Eher groß, dachte man.

Drei sehr ähnliche echte Werbeslogans

für das Berliner Brautmodenhaus Pätsch

Verliebt — Verlobt — Pätsch

für die Produkte des Badezimmermattenherstellers Meusch

MODISCH
MODISCHER
MEUSCH

für die Berliner Backkette Ditsch

Immer knusprig
Immer frisch
Immer Ditsch

Zwar
gibt es in Deutschland reine Drinnensitz-Inder,
also Inder, die
keine Stühle auf den Bürgersteig stellen,
aber es gibt keine
reinen Draußensitz-Inder,
also Inder, wo
man nicht reingehen kann. Die
häufigsten Inder sind gemischte
Drinnensitz- und Draußensitz-
Inder.

An Chinesen gibt es allerdings
reine Draußensitz-Chinesen, wo
man nicht reinkann, die aber streng genommen
Draußensteh-Chinesen sind. Drinnensteh-
Chinesen sind auch nicht selten.
Bei einigen Drinnensteh-Chinesen kann
man draußen interessanterweise
nicht nur stehen, sondern auch
sitzen.

An reinen Drinnensteh-Indern
ist mir
nur einer
vertraut. *(Goltzstraße, Berlin-Schöneberg)*

Wien normal

Wien anders

Wien, wie es keiner kennt

So etwas will ich nicht.
Durch die Kanalisation latschen, **pah!**
Wien, wie es jeder kennt, der die „Wien, wie es keiner kennt"-Tour gebucht hat.

Ich will **WIEN NORMAL**
oder Wien, wie es Krethi und Plethi kennt
Inklusive dieser komischen weißen Pferde, die man auspeitschen muß, bevor sie losmarschieren. Sag jetzt nicht, das ist nur für die Touristen. Natürlich ist es das. Kennst du vielleicht eine Stadt, wo sie für die Einheimischen weiße Pferde im Kreis herumrennen lassen? Solche Einheimische gibt es nirgendwo.

DIE FRAU, die erst wieder lernen muß, ohne ein Fremdwörterbuch unterm Arm außer Haus zu gehen

Es wohnte einmal eine Frau, die war eher unsicher. Weil sie Angst hatte, nicht zu verstehen, was die andern Leute sagen, gewöhnte sich die Frau an, mit einem Fremdwörterbuch unter dem Arm das Haus zu verlassen. Damit ist sie aber auch angeeckt. Nun muß die Frau ganz langsam wieder lernen, ohne Fremdwörterbuch unter dem Arm aus dem Haus zu gehen.

Ein Fakir in Österreich ist,
wohl um in die Zeitung/TV zu kommen
oder zu etwas Geld,
egal,
er ist mit seinem Auto ganz schnell
irgendwohin gefahren
mit bloßem Po,
und auf dem Sitz lagen Glasscherben,
die er mit Gift beträufeln wollte,
das wollte aber der Autohersteller nicht,
deswegen
hat der Fakir
die Glasscherben
gepfeffert.

Vier

Dinge des kleinen Mannes

Sago
Die Gelatine des kleinen Mannes

Der verstaubte, mit eingetrockneten Farbklecksen verschmierte Kassettenrekorder — Das private Radiosymphonieorchester des Süddeutschen Rundfunks des kleinen Mannes

Mit Zwieback im Mund duschen — Das Venedig des Nordens des kleinen Mannes

Die Eiskruste in der Gefrierschublade, die sich durch zittriges Reintun randvoll mit Wasser gefüllter Eiswürfelbehälter gebildet hat — Die Eiskruste des kleinen Mannes

Vorteil von **COLA** gegenüber **SUPPE**

An **Cola** muß man nicht pusten, wenn der **Bus** kommt. Wohingegen, wenn einer an der Bushaltestelle einen Teller heißer **Suppe** ißt, dann ist das vielleicht ein Gepuste, wenn der Bus kommt. Mancherorts wird einem sogar die **Beförderung** verweigert, von wegen: Wenn alle mit **Suppe** im **Bus** stünden. Da könnte man genauso gut sagen: Wenn alle Bäcker wären. Weil nämlich:

Wenn alle Bäcker wären, gäbe es dann Busfahrer?

Wohl kaum.

manchmal ist die uhrzeit so schön, daß man am liebsten seine uhr streicheln möchte

manchmal ist die uhrzeit so schön, daß man am liebsten seine uhr streicheln möchte

Originalausgabe. Einmalige Auflage
Es wurden 3000 Exemplare gedruckt, der Bleisatz abgelegt.

(für diese Ausgabe) Tanya Harkenthal · Arne Drews GbR
Lilienstraße 21 · 30167 Hannover
Hergestellt, ausgestattet und handgesetzt von der
Manufactur-Druckerey Martin Schröder, Berlin-Prenzlauer Berg.
Feinpapier: Arjo Wiggins Pop'Set Cyber Grey, Cosmic Orange
und Perlgrau; geliefert von Papier Union Hamburg.
Gedruckt v. d. Buchdruckerei Günter Rapputan, Berlin-Mitte.
Gebunden v. d. Buchbinderei Peter & Thomas Lehmann,
Berlin-Kreuzberg. Umschlag: Manufct.-Druckerey M. Schröder
Printed in Germany

ISBN 3-927715-87-5

Revonnah Verlag Hannover
Institut für Erfreuliche Drucksachen

Vergessen Sie
alles, was Sie über
Altfettentsorgungsanlagen
wissen oder je gewußt
zu haben meinen!

Die Kinder aus dem Haus, die Enkel in New York,
das Rundum-Sorglos-Kompakt-Paket in irgendeiner
efeuumrankten Schublade?

Diese Sorgen kennen wir zum Gotterbrechen!

Finden Sie auch, daß Jammern nicht hilft?
Wir haben — speziell für Ihre
individuellen Bedürfnisse,
(Titel) Herr/Frau* ________,
eine völlig neue Generation von Designer-Altfettentsorgungsanlagen kreiert. Diskrete Montage in jeder Art von Räumlichkeit möglich, von der Ferienwohnung übers Monteurszimmer bis zur separaten Chefvilla mit exclusiver Rückzugsmöglichkeit für spezielle Momente mit XXL-Emotion von Ihrem Marktführer in Sachen Beduftungsmarketing mit Leidenschaft.

Alles immer mit Treppenliften vieler führender Hersteller kombinierbar.

Paare** erhalten zwei Anlagen zum Preis von einer, im Falle einer nachweisbaren Benachteiligung durch ein gottseidank verschwundenes politisches System sogar drei zum Preis von zweien.

**Wenn Sie keinen Titel haben, machen Sie bitte einen Strich!*

Kostenfreie Rücknahme Ihrer alten Altfettentsorgungsanlage oder Ihrer körpergewichtsüberschreitenden Treppenliftkonstruktion gegen Aufpreis oft möglich.

Etwaiger Gestank ist auf jeden Fall verschwunden.

Einzelne Damen haben natürlich gratis Eintritt.

Hausbesuche sogenannter Zentraloptimierungsexperten sind so gut wie ausgeschlossen. Wenn doch: Irgendeine Hotline mit Mitarbeitern, die Ihnen einen „wunderschönen Tag" wünschen, ist vermutlich immer für Sie da.

Wo Ihr altes Fett schließlich landet, werden Sie rechtzeitig aus den politischen Magazinen des Fernsehens erfahren.

Natürlich können Sie jederzeit vor die Tür treten und die weitgehend unberührte Traumlandschaft genießen, wobei unsere Optimierungsexperten stets beratend hinter Ihnen stehen, insbesondere wenn wider Erwarten doch einmal ein kleines Abschiedsproblem auftreten sollte.

** *Anfragen gleichgeschlechtlicher Paare aus Bayern können wir zur Zeit leider nicht bearbeiten. Wir behalten eventuelle politische Änderungen aber genau im Auge und informieren Sie sofortstmöglichst.*

Beilage zur Tetralogie
der bibliophilen Büchlein im Schuber namens
„Schuber für Menschen, deren Regal sonst nicht fein genug wäre“
von Max Goldt

Text: Max Goldt
Entwurf, Bleisatz aus Walbaum-Antiqua und Unger-Fraktur
und Buchdruck: Martin Z. Schröder
LetterpressBerlin.com
Einzige Auflage: 65
Mai 2013

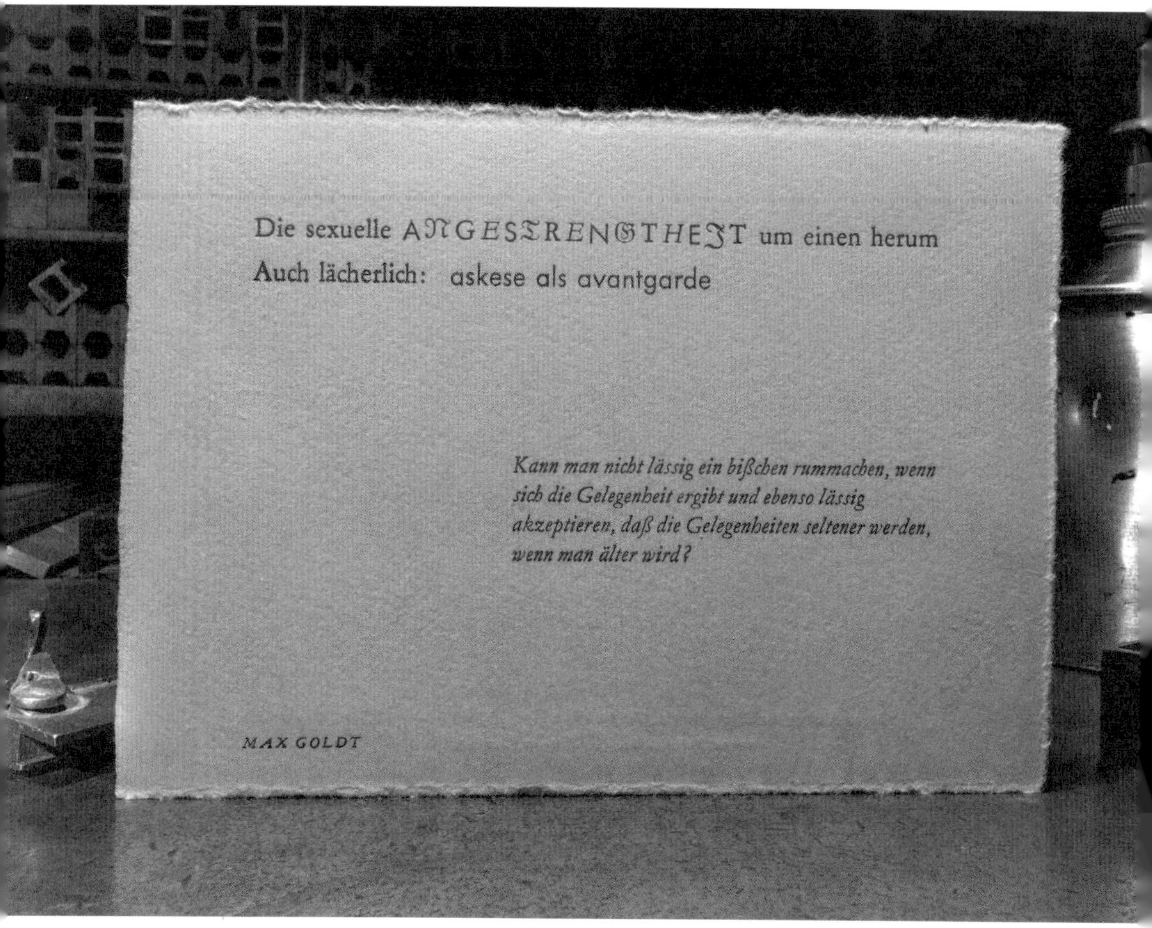
Die sexuelle ANGESTRENGTHEIT um einen herum
Auch lächerlich: askese als avantgarde
Kann man nicht lässig ein bißchen rummachen, wenn sich die Gelegenheit ergibt und ebenso lässig akzeptieren, daß die Gelegenheiten seltener werden, wenn man älter wird?
MAX GOLDT

Max Goldt
Ex-Schwager des Ex-Wirtschaftsministers von Sachsen-Anhalt

MAX
GOLDT
Kost-
spieli-
ger Regal-
ver-
ede-
lungs-
schu-
ber
MAX
GOLDT
Schuber
für
Menschen,
deren
Regal
sonst
nicht
fein genug
wäre
MAX
GOLDT
Schuber
für
Menschen,
deren
Regal
sonst
nicht
fein genug
wäre
MAX
GOLDT
Schuber
für
Menschen,
deren
Regal
sonst
nicht
fein genug
wäre

MAX GOLDT
Schuber für Menschen, deren Regal sonst nicht fein genug wäre
MAX GOLDT
Schuber für Menschen, deren Regal sonst nicht fein genug wäre
MAX GOLDT
Schuber für Menschen, deren Regal sonst nicht fein genug wäre
MAX GOLDT
Schuber für Menschen, deren Regal sonst nicht fein genug wäre

MAX GOLDT
Schuber für Menschen, deren Regal sonst nicht fein genug wäre
MAX GOLDT
Schuber für Menschen, deren Regal sonst nicht fein genug wäre
MAX GOLDT
Schuber für Menschen, deren Regal sonst nicht fein genug wäre
MAX GOLDT
Schuber für Menschen, deren Regal sonst nicht fein genug wäre

MAX
GOLDT
Schuber für Menschen, deren Regal sonst nicht fein genug wäre
MAX
GOLDT
Schuber für Menschen, deren Regal sonst nicht fein genug wäre
MAX
GOLDT
Schuber für Menschen, deren Regal sonst nicht fein genug wäre
MAX
GOLDT
Schuber für Menschen, deren Regal sonst nicht fein genug wäre

Die im Anhang
auf zwei Doppelseiten
abgebildeten Schuber hat der
Berliner Buchbinder Christian Klünder
hergestellt. Fünfundzwanzig verschiedene
Marmorpapierbogen von Dirk Lange, Gorsleben, wurden für den Bezug der bunten Schuber
verwendet. Von jedem Dekor gibt es zwei
Exemplare. Von den gelb bezogenen Schubern
wurden neunundzwanzig auf Subskription
angefertigt. Das Rückenschild der Schuber
wurde aus der Schrift »Delphin«
von Hand gesetzt und auf
dem Handtiegel gedruckt.

1. Auflage

Entwurf und Ausstattung, Einbandsatz aus Wood Bonnet,
Textsatz innen aus Aldus, Fotos im Vorwort: Martin Z. Schröder
Kalligrafie der Randbemerkungen: Frank Ortmann
Fotografie der Vorlagen: Volker Möhrke
Fotografie der Schuber: Andreas Kermann
Druck und Bindung: CPI books GmbH, Leck
Printed in Germany
ISBN 978 3 87134 792 4